华文微经典

中国微型小说学会
世界华文微型小说研究会
主持

林宝玉

移民路

四川出版集团 ❱❱ 四川文艺出版社

图书在版编目（ＣＩＰ）数据

移民路 ／（新西兰）林宝玉著 ．－－ 成都：四川文艺
出版社，2013.2
（华文微经典）
ISBN 978−7−5411−3661−0

Ⅰ．①移… Ⅱ．①林… Ⅲ．①小小说－小说集－新西
兰－现代 Ⅳ．① I612.45
中国版本图书馆 CIP 数据核字（2013）第 031595 号

华文微经典
HUAWEN WEI JINGDIAN
[世界华文微型小说经典]

移民路
YIMIN LU

[新西兰] 林宝玉　著

选题策划	时上悦读
责任编辑	贾　波
封面设计	所以设计馆

出版发行	四川出版集团　四川文艺出版社
社　　址	四川省成都市槐树街 2 号
网　　址	www.scwys.com
电　　话	028−86259285（发行部）　　028−86259303（编辑部）
传　　真	028−86259306
读者服务	028−86259293

印　　刷	北京山华苑印刷有限责任公司
开　　本	650mm×920mm　1/16
印　　张	13
字　　数	120 千
版　　次	2013 年 4 月第一版
印　　次	2014 年 1 月第二次印刷
书　　号	ISBN 978−7−5411−3661−0
定　　价	35.00 元

华文微经典

作者简介

　　林宝玉，女，祖籍广东梅县，出生于中国台北。新西兰奥克兰大学应用语言研究所、怀卡脱大学东亚研究所硕士。曾任中文教师、写作班教师、新西兰电台广播员、新移民教育指导员、新西兰华文作家协会副会长、会长、世界华文微型小说理事。其间，参与过历届"世界华文作家协会"、"世界华文微型小说"年会。现任奥克兰国际高中文学评论课程教师、奥克兰艺文协会会长、世界华文女作家协会永久会员。

前言

　　有人曾说，地不分东西南北，凡有人类生活的地方，就有华人的身影。话虽有玩笑的成分，但当前华人遍布世界各地，却也是不争的事实。扎根世界各地的炎黄子孙，他们的生活状况如何？他们的情感世界怎样？他们的所思所想何在？……要找到这些答案，阅读他们以母语写下的文字无疑是最好的方法之一。诚然，并不是有华人的地方就有华文创作，但在一些主要的国家和地区，华文创作几十上百年来一直薪火相传所结出的果实，显然也是令人瞩目的。遗憾的是，因为多种原因，国内的读者多年来对海外的华文创作了解甚少。尤其对广布世界各地的华文微型小说这一重要且具代表性的文体，更只是偶窥一斑而不见全貌。"华文微经典"丛书的出版，可谓弥补了这一缺憾。

　　海外的华文微型小说创作，主要分为东南亚和美澳日欧两大板块。两大板块中，又以东南亚的创作最为积极活跃，成果也更为突出。东南亚华文微型小说创作兴起于二十世纪八十年代初，各国在时间上又略有先后。最早开始有意识地从事微型小说的创作，并且有意识地对这一新文体进行探索、总结和研究，而且创作数量喜人、作品质量达到了一定艺术高度的，是新加坡和马来西亚；稍后于新加坡和马来西亚的是泰国，再后是菲律宾和文莱，再后是印度尼西亚。在发展过程中，各国的创作曾一度因具体的历史原因而存在较大的差距，但这一状况在近十年来正日益得到改善。

美澳日欧板块则因创作者相对分散，在力量的聚集上略逊于东南亚板块。不过网络的发展正在弥补这一缺憾，例如新移民作家利用网络平台对散居各地的创作进行整合，就已显现出聚合的成效。

新移民的创作是海外华文微型小说创作中近十多年来涌现出的一股新力量。尤其是近年来随着作家对当地文化和生活的日渐融入，其创作已日渐呈现出新视野，题材表现也开始渐渐与大陆生活经验拉开了距离，具有了海外写作的特质。

以上是对海外华文微型小说发展的一个简单梳理，而"华文微经典"丛书的出版，正是对这一梳理的具体呈现（为避免有遗珠之憾，丛书也将有别于中国内地写作的港澳地区的华文微型小说写作归入其中）。通过系统、全面、集中的出版，读者不仅可以得见世界范围内华文微型小说创作风姿多样的全貌，更可从中了解世界各地华人的文化与生活状况，感受他们浓郁的文化乡愁，体察他们坚实的社会良知，深入他们博大的人文关怀，触摸他们孜孜不懈的艺术追求。书籍的出版是为了文化和文明的传播与传承，我们希望这一套丛书能实现一些文化担当。我们有太长的时间忽略了对他们的关注，现在是校正这种偏差的时候了。这也正是丛书出版的意义和价值之所在吧。

目录

送礼

矮墙边上小院门，一个熟悉的娇小身影倏地闪了进来。

"阿 P，下午去喝个下午茶、逛逛街，如何？"

收拾好碗筷，步出厨房，靠在太阳屋的沙发上，我正准备歇歇腿，让紧绷一上午的神经舒缓一下，阿珍竟出其不意地出现。

"喝咖啡？逛街？这么有闲情？……难不成又要上Stevens、Brisco 去买什么礼物？"我一面邀请阿珍入座，一面不经心地问了一下我这个"烂好人"老友。

根据经验，除了上班路过，无事不登三宝殿难得随意串门子的阿珍会突然造访，应不仅仅是为喝杯咖啡这档子小事！

"嗨！真是越来越聪明了！……喝完咖啡，帮我在厨房用品上出点主意吧！"阿珍故作幽默、夹杂着诡谲笑声地回应。

啊！我究竟该为自己精准的第六感鼓掌，还是……

"喂！没搞错吧，两个月来这是第三次听你说买礼物了，又是谁过生日，还是谁搬家啊？"出国后，好不容易红白帖子少了，却老听阿珍说要送礼，还真有点纳闷呢！

"还不是我们部门的头儿 S，要在她家搞什么 house warming party！"

说来奇怪，洋人只要换个房子，管他是买新房，换租屋，总要来个 party。哪怕是入籍通过，拿个公民证；孙子过生日，也要办个 celebration，邀请亲朋好友，大伙儿喝喝酒，BBQ 一番。

"你人缘也太好了吧，这个朋友邀、那个朋友请，送礼送不完。你岂不是经常要络绎于途，为参加这个 celebration、那个 party 忙不完了？"我对阿珍有这么多朋友邀约，坦白说，还真有点欣羡不已。

"这……你就猜错了。"阿珍顿了一下，说。

"猜错了？你该不会是礼到人不到吧？"

"正是！一则，同事们家距离远，晚间交通不便；再则，英语不灵光，没话题，没人跟我聊天，坐冷板凳，没啥意思。"

"那你为什么送这么多礼？不送就是了！"我心疼白花花的银子，打水漂儿似的，一张张丢出去，却得不到一丁点儿回响，怜惜地表示。

"这你有所不知。请听听我同事说：Thank you，you're your gift and friendship！"一语未完，阿珍大气不喘地继续说，"花一点钱，可以得到同事们的友谊，多'赞'啊！"

　　哇！阿珍，你这是哪门子哲学呀！

　　"平日上班，同事们因为我英语不灵光，没兴趣和我聊天，我没有朋友。在家，宅男老公钟情于武侠小说，终日沉迷于飞檐走壁；他周末参与小区羽毛球俱乐部，打球很准时，甚至提早出去；有兴趣的牌局、牌搭子，他主动出席。此外，若邀他散步，嫌累。邀他出外旅游、散心，沉淀工作压力，他说去哪儿？令我这只要出门逛逛就好的人，深感无语。"阿珍丧气地说。

　　"长久以来，我除了上网、对着电脑，不养宠物，没有'含饴弄孙'的需要。没有消遣，没有交际。下班之后，成天窝在家里，你想我哪来的朋友？这是争取友谊、开发人脉的机会啊！我能不把握吗？"阿珍显然找到了一个很自得的出口似的，一口气发表完了她的高见！忽然……我鼻头不期然的发起酸来。

　　原来，"送礼"是为了争取所谓的"友谊"、"人脉"。新鲜？！绝妙？！

芳邻

俨然 ministorage 的候机楼里，人声鼎沸。四周玻璃帷幕的不甚大的空间里，到处放置着大大小小的包袱、行李。若不是耳边不时传来飞机轰轰的起降声、请乘客登机的广播声，还真以为走入了竞标拍卖场呢！

过不多时，"呵呵……"、"哈哈……"。场景又改了，仿佛走进了开学第一天的幼儿园，小孩嘻嘻哈哈、追赶跑跳的碰撞声，大人的吆喝、安抚声，此起彼落，好不热闹。

正看得出神，"嘻嘻……"，座位边忽然蹿出个小头，朝"左邻右舍"猛笑示好，让人受宠若惊。特别是那种金发洋娃娃，的确叫人有股冲动，想伸手去抱抱。

俗话说：人来疯。不管洋人、华人小娃儿，都有这样一个特点。你顺势地回眸逗弄他（她）几下，他（她）就乐不可支，不断地在你周遭出现，跟着你玩闹，甚至拖着小鞋的脚丫子，也毫不客气地磨蹭在你身上。时而当你是 rugby（橄榄球）对手端两脚；时而把你转换为拳击沙包，猛捶几下；弄疼了，就两行热泪直流，俨然受了多大委屈似的，害得跟着玩的大人，还得忙着赔不是。虽不至于搞得你灰头土脸，但确乎有点儿让人招架不住、无所适从，不知该如何应付是好。

"这是……登机时间，请商务舱、头等舱及携带五岁以下小朋友的乘客准备登机。"广播响起，准备登机了。这时真恨不得自己也是 VIP 的一员，可以赶紧逃离喧闹、尴尬的场合。

"经济舱乘客……"嗯！终于轮到我了！如获大赦似的，我三步并作两步，飞奔到登机口。"32H，32H……"生怕宝座被抢似的，口中念念有词地进入机舱后，鹰眼般急速地搜寻着属于自我的天地。

"好！不错，座位靠走道，进出方便不受限，耳根终于可以清静一下了！"我卸下千斤担般满怀舒畅地摊开毛毯、挂上耳机，准备闭目养神，释放身心。

刚坐定。"就这儿，座前有婴儿床，好吧，先把 Mary 放下……"耳膜隐隐约约传入似曾相识的女士自言自语声，小 baby "咿咿呀呀"，乳臭未干的牙牙学语声。

用力地，聚精会神地倾听，哇！没搞错吧！那位不断制造"音效"的"磨蹭"小洋娃儿，居然就是我"快乐出行"的芳邻。

倦

　　近午时分，一向巧笑倩兮，笑容可掬的阿玲，出现在花园小径。她这种不预先电话通知，有违常情的突然现身，着实让我又惊又喜。

　　"是什么风，把你这位大忙人吹过来的？"没来得及请客人入座，我已开心地大叫……

　　阿玲是个积极上进又热心的女士，一九九三年，同机之缘，为我们埋下了日后建立亲密友谊的种子。五年来，因着"有缘千里来相会"的恩赐，两个家庭和衷共济，凡事彼此勉励、相互提携，一路走来，倒也"他乡如故乡"，生活惬意、平顺。

　　长久以来，奉献、融入主流的超强动机，驱策着这位聪明但有着"大事精明，小事糊涂"特质的好友，因此，放下行囊，打点好安家事宜后，夫妻俩便分头做自己的工作与学习，不论是英语班、手工艺班或烹调班，经常可以发现阿玲娇小的身影，即使是小区中文教室的义工群中，亦屡次看到她穿梭其间，一会儿教学，一会儿制作教具，忙得不亦乐乎。日复一日，年复一年，她似乎有用不完的精力与热忱。看她一副意气风发、叱咤风云的样子，脑海里根本没有"疲倦"两个字存在，真叫人欣羡不已。我有时跟班似的，尾随其后当助手，却依然是望尘莫及。于是，每回见面，我必不忘泡壶茶，坐下来，讨教个中秘诀。

"不必忙，坐下来聊会儿，明天的飞机，我们就要离开此地了。"阿玲的话打断了我的思绪。

"啊！……"讶异之举，令我瞠目结舌。这个向来忙碌，自诩落地生根、决无乡愁的特异家族，居然改变心意，想要远走他处，的确叫我纳闷。

是母亲节激起了游子思乡情怀？是倦怠了海外天涯浪迹？抑或是……一时间，我实在想不出任何理由回答自己。望着阿玲欲言又止，仿佛心事纠结的模样，我的心情陷入屋外灰蒙蒙天气般的阴霾。

"告诉我，怎么回事？不是乐不思蜀吗？为什么忽然想离开？"我心有不舍地探询着。

"说来话长，不是三言两语可以概括的……"我很清楚，阿玲的丈夫在此有全职工作，孩子健康活泼，功课又好，具有人们称羡的甜蜜家庭，该不是……

"家里有事吗？"我拉着她的手，俗气地问。

"不！最近老感觉力不从心，要学的东西太多了，身心俱疲，穷于应付。经过协调，全家一致通过改换跑道，重新起步。"阿玲轻描淡写地说。

"对啦！当义工是很累的，暂时歇会儿也好，但又何至于离开呢？"我劝慰地说。

"琳，你每天躲在象牙塔里，有机会出外见识见识吧！"阿玲停了一下后，接着说，"不过，我看你这只小青蛙，还是别游出海去好些，免得淹死了。唉！小人闲居为不善。"

丈二金刚摸不着头脑，我真是越听越糊涂了。阿玲一家，什么时候迷上了跑步的运动？我又什么时候成了小青蛙，要游出大海去？

"临别前夕……"我竖起了耳朵，洗耳恭听阿玲葫芦里究竟卖些什么药？究竟什么原因，这个熟稔的好友，霎时叫我如此陌生。

"记得吧，人是不可离群索居的社会动物……但社会学却是一门难度颇高的功课，跻身其间，人性学、心理学得先修及格，千万谨慎从事，否则累垮了自己，毕不了业不说，遍体鳞伤，再回头已是百年身。"俨然大学教授，阿玲授起课来了。尽管迷惑，我还是不敢问，一副认真的态度，继续听下去。

"本是同根生，相煎何太急。曹氏兄弟同胞手足，尚且有此感言。他乡陌路，偶然相遇，如何要求别人情同手足？一切随缘吧！太累了。"阿玲病了吗？为什么有如此倦怠想法？

"阿玲，我实在不是很懂，可以说具体点吗？"我有些茫然。

"做事难，做人更难，一切按着原则、游戏规则弹性处理，得饶人处且饶人。嗯！就这样吧！"真佩服她，有这么高深的学问。

尽管阿玲自认处境艰难，必须隐居修身，我还是挽留道："留下吧！"

"分离，是为了下一次的相聚，后会有期的，不是吗？"看来，阿玲是真累了。

阿玲，祝福你们了！

聚散依依

……
此地一为别，
孤蓬万里征。
浮云游子意，
落日故人情。
……

当学校骊歌唱完，一群伙伴们为了各奔锦绣前程，分道扬镳了。

当年星空下的稚嫩呓语，池畔的嬉笑怒骂，教室里的埋首钻研，刹那间，都成了过眼烟云。青春年少的梦幻，竟是这般的脆弱，禁不起时空、岁月的荏苒，仿佛褪色、凋零的落瓣，渐次没入田园，化作春泥。此刻彼此再见，虽不至鸡皮鹤发，龙钟老态，但却一个个星鬓点点，容颜失色，不复昔日的亮丽、璀璨了。

"哇噻！一点也没变。"阿丽诡谲地说。

"你该不是哄自己吧！"永远嘴巴不饶人的阿秋，故态复萌，调侃地说。

"听我把话说完嘛！我是说，你还是这般娇小，没长高。"阿丽强辩着说。

一二十年没见，真正没改变的，该是难移的本性。瞧！木讷的还是闲静少言，当个忠实听众；巧言善辩的还是那么聒噪，有说不完的话题，炒热全场气氛，是聚会时少不了的人物。

"走！走！走！别老是杵在这儿，大伙儿好不容易才见个面，带你们去见识一家棒透了的火锅。"老班头阿成提议。

"光是站着说话，我已经油光满面。你看！阿胖的背上，就像挂着几十个坏了的水龙头，不停地滴水，还折腾她——吃火锅？"阿琴指着绰号阿胖的文婷大叫。

"火上加火，有没有搞错？"一向低声细气，贤淑气质的慧文，嗫嚅地声援说。

几十个老同学，有的赞成，有的抱怨，七嘴八舌僵持半响，终究不敌老班头的权威。一声令下，大队人马，浩浩荡荡开往师大路旁，装潢雅致的 ×× 火锅店。

"好凉！好凉！"一部伫立角落的特大号厢形冷气机瞬间击退了滚滚热浪。

"不热了？"该死的老班头慢条斯理地揶揄说。

"嗯！还是台北好，八月天吃火锅不热不说，居然还挺舒服的。"刚从罕见冷气的新西兰回来，一直是听候"差遣"，不知下一步该如何的阿芳有感地说。

"来，听听放逐异域的甘苦谈！"促狭阿秋又开腔了。

"什么自我放逐？贬谪？真是一群食古不化的老顽固，阿芳是去取经。"死党阿珍瞅着阿芳眯笑说。

阿珍说得没错，为了学点新本事，把原有的两把刷子磨得更亮；为了在他乡混口饭吃，多少精英硕彦，放下行囊，换上书箧，读书去也！一年复一年，一个学位又一个学位，硕士论文才写完，又递上博士计划，宇宙间仿佛只有书事，大地间似乎只有读书人，皓首穷经已然成为这一代新移民的大业，人人乐此不疲。

"喂！喂！喂！发什么愣啊？你真的想不开，还想当蛀书虫啊？"阿琴打断了阿芳的思维。

"工欲善其事，必先利其器。抓鸡也得先蚀把米啊！"

"干吗？阿芳是去白云故乡开养鸡场，还是开磨刀厂？……"阿文话还没说完，一帮人已笑弯了腰。

唔……你们哪里知道，时下餐馆侍应生，工厂作业员、工程师，学校教书，哪一项不是一位难求？不是机会太少，就是要求不同。如果能加强自身条件，不但用不着回流，或许还可融入主流，跻身 kiwi 世界（指新西兰），三餐温饱。
阿芳脑海里思忖着。

"奥克兰有没有火锅？口味肯定没这么好吧！"

"阿芳，你真的是鲁滨孙漂流荒岛？"

"多吃点，这家火锅可是出了名的好吃噢！"

"下次什么时候回来？大伙儿再找个地方聚聚！"

"对！吃遍台北名店。"

"就别走了，留下来吧，台北不错呀……"

顿时，一股暖流填膺，胸臆间塞满了同学们的温情，但——喉头却有点紧。阿芳想：更换水土的人，真是像 Bar 台上养的九层塔一样，长不好吗？真的月是故乡明？西出阳关无故人？

"请君试问东流水，别意与之谁短长。"绕了大半个地球后，心里的感触竟是这般——聚散依依。

移民路

　　"为了给孩子一个快乐童年，无惧的生活环境，我们三个人，再度随着货柜踏上了新西兰的土地。"一个万里无云、太阳恣意地在背上磨蹭的午后，咖啡馆靠窗的座位，两个女人漫无边际地闲聊着。

　　"三个人？你先生……"晴文有些疑惑，但话到嘴边又吞了回去。

　　"是啊！……两个孩子和我。"范芳似乎有什么不便多说的隐情。

　　"这趟我们决定在新西兰长住下来，不走了。"啜了口咖啡，范芳继续说，"我们一家三口，曾经在新西兰住过三年。正当全家提出入籍新西兰的申请时，家母身体违和，因此举家回流，没想到这一晃就是五年。"

　　"要定居了，很好啊！孩子们应该很开心吧！听说他们还要到中文学校来，继续学习中文？"晴文惊诧于范芳异于

14

有些父母，害怕孩子的英语基础不够，在当地学校跟不上进度，以至于下了飞机就收起中文书籍，专事英语学习的态度。

"华语是我们的母语，我担心孩子将来无法和家中长辈沟通。"多平实的回答。

"确是真知灼见。……对了！往后你是专职写作还是继续搞编辑？"晴文关心地问。

"嗯……放下主编工作，仿佛离开相知多年的老友，心中有着万般的不舍，如果可以……我……还是希望继续这份职业！"迟疑了一下，范芳道出了她的心声。

"你是搞文字工作的，以后在写作上可以给我一些指点吧！"晴文兴奋不已。"嗯……相互研究吧！……"相对晴文的满心欢喜，范芳显然有点失落的样子。

"范芳，最近忙些什么呀？"在 Shopping Mall 晴文开门见山地问。

"有几个洋人看了我网上介绍的水晶饰品，向我邮购，我去寄给他们。"范芳说。

"哇！不错呀！做网络生意了？"

"靠这么些人买点东西，交房租都不够，没法过活的！我还要到奥克兰附近几个跳蚤市场、北岸夜市、亚洲市场去找点商机。"仿佛生命的另一个春天即将登场，范芳怀着无限的希望、满满的期待。

"忙得过来吗？"

"应该没问题。对了！前两天我去应征了老人院的工作，你对这种工作了解吗？"

"老人院？……"不是说搞编辑吗？怎么又是生意，又是老人院？晴文有些迷惑？

"是啊！伺候老人吃饭、陪他们聊聊天，天气好的时候，扶他们到院子里活动活动……"看来范芳很高兴又找到了另一份收入。

"哇！有点像打杂。待遇如何？一周工作几天？孩子照顾呢？……"

"待遇？……就算补贴补贴生活吧！……孩子上下学接送……嗯！……是有那么点儿手忙脚乱。……"范芳支支吾吾了半天。

一个坐惯办公桌、身高一米五左右的小女人，既要做孩子的守护神，为了新生活，还想独力擎天，负担整个家计，把自己扎扎实实地紧绷着。特别是她瞳孔里散发出的灼灼光彩，充满信心的眼神，让周遭朋友无不对她肃然起敬，心生佩服。

"小朋友！阿姨、叔叔来看你们啰！"有一天傍晚，晴文拎着热腾腾的红烧蒜蓉鸡肉，找到范芳的租屋。

"阿姨、叔叔！请进。……妈妈不在家，到 Northcote 夜市摆摊子去了。"范芳的女儿掀开门帘，在门缝边怯怯地说。

"小芹！你来把鸡肉拿进去，晚餐时吃。"

"阿姨！我们家吃素，不能吃鸡肉。"

"哎哟！对不起，阿姨忘了……"晴文只想给孩子们一个意外惊喜，一时间竟忘了范芳是个虔诚佛教徒。

"在新西兰上学开心吧！学校都适应了吗？有没有交到好朋友？"为表达歉意，晴文换个话题转换一下气氛。

"嗯……我刚来，不论亚洲人还是本地洋人，他们都已经有自己的朋友，所以我……"小芹支吾着。

"慢慢地你就会跟他们成为好朋友了，不着急。""好吧！阿姨先回去了，跟妈妈说我改天再来。"怕孩子尴尬，晴文赶紧告辞。

"嘿！你有没有闻到一股霉味！"才踏出门外，晴文老公就等不及凑在她耳边轻声地说。

"母子三个人挤在这样低矮简单的地方，不但屋子有股发霉的味道，在微弱的灯光下，看起来更加黑黝黝，唉！……"看了这一幕，再想想范芳的辛苦，晴文内心有点伤感。

"哇！好累！"范芳说。

"怎么回事？"

"做完工作，安顿好小孩后，就很困了，还要查字典、赶作业，好累！"停了一会儿，范芳懊丧地说，"我想凭我现在的英语，也许还没法上学？！"

　　"你去上学？"晴文瞪大眼注视这个坚毅卓绝的女强人。

　　"是啊！我原想赶紧拿个本地学历，也许容易融入主流，好找事，所以我……"

　　"唉！你真了不起。"晴文忍不住赞佩地说。

　　"可是我好像错估了。生活里每一步脚印，带给我的，似乎只是对未来的茫然。"范芳忍住喉头的哽咽。

　　枫红的秋天，范芳带着一双未成年儿女，黯然地离开新西兰了。

舞

"Daisy-Daisy give me your an swer do. I'm half crazy all for the love of you..."

偌大的小区中心，阿公、阿婆们手舞足蹈外，口里还追随着录音带播放出来的旋律，哼唱不断，乐在其中。

望着张贴在窗玻璃上"Keep fit"醒目的两个字，再看看屋子里翩翩起舞、无限陶醉的双双对对，阿宝心里琢磨着：

"如果能跟这些老先生、老太太一样参与舞蹈，不但可保持窈窕的身材，还可健身，那该多好！"

倏的，神清气爽的阿宝神采飞扬起来了，眼睛也雪亮了。

正想踏进舞池，"Senior Citizens Club"斗大的字跳了出来。阿宝迟疑了一下，心想：虽年逾不惑，也算老大不小了，但距离德高望重、凡事不逾矩、受人尊敬的长者，似乎还有那么点儿差距，就此贸然进去，是否得当？

然而面对这群耳顺，甚至耄耋之年的舞者，一个节拍，一个踩踏，跟着旋律扭腰摆臀，煞有其事地婆娑起舞，内心确实喜乐极了，还是壮大胆子，去探个究竟吧！

　　"May I help you？"就这么一句话，自小少根筋，没有韵律感，更没有舞蹈、音乐细胞的阿宝，在这位亲和、友善女士的带领下，展开了移民生涯的另一页。一周一次，不论晴雨定时地与二三十位可爱长者约会，共度这段浪漫时刻。

　　"左脚、右脚，脚踏踏。"

　　"一二三踏，二二三踏。"

　　"滑步、踢、转。"九秩晋虽已高龄，却有着妙龄少女般婀娜身材，舞步纯熟，英国来的老太太——Cony，热心地拉着因害臊而脸色泛红的唯一华人转过来倒过去，一遍又一遍地练习。

　　而转得不分东西南北的阿宝，除了嘴巴喃喃自语，不断默念一二三外，两只眼睛更是粘上了胶带一般，丝毫不敢将视线轻易挪开脚上仿佛绑了弹簧、轻盈如燕的另一位示范者June，一步一动作认真地学。

　　搭配着一首首活力四射的曲调，阿宝猴子似的，晃过来、荡过去。只见不听使唤、不曾受过训练的两只脚，忽而左，忽而右，忙得不亦乐乎！

　　这个为五六十岁以上退而不休，但又没有中国传统含饴弄孙之乐的长者们提供的老人俱乐部，每天各有不同节目。

比方说：保龄球 (bowls)、扑克牌游戏 (whist)、宾果游戏 (bingo) 以及寓健身于运动、韵律舞的健身操活动。

　　每天，老先生、老太太们准时地来到俱乐部，由一位类似班长的先生 (或女士) 带领，快乐地做活动。那种有模有样，聚精会神地仿做、实习的精神，真怀疑他们哪来的那么多精力，更诧异于他们高度的记忆力。叫这频呼老人痴呆的"年轻老太太 (阿宝)"噤若寒蝉，再也不敢乱叫，赶快急起直追，效法长者们的良好楷模，不断学习。

　　这些年长的洋老先生、老太太为了给毫不懈怠学习的自己，来个实质上的鼓励与慰劳，每个月的第二个星期三下午一点半开始，俱乐部里举办余兴餐会 (entertainment)，如庆生会、茶会等。集合"老朋友"们共聚一堂，彼此祝贺，互相寒暄，吃吃喝喝，别有一番兴味。

　　行万里路，读万卷书。每月的第四个星期三，博学多识的旅游专家 (tourorganizer)Mr. Surness 负责筹备并带领大伙儿搭上豪华游览车，来个"科技、知性之旅"，既外出散心，又兼顾各项见识。最近一次的 bus trip，享受非洲鸵鸟肉的美味外，做了一次农场种植、动物豢养的学习；还遍游名胜 Whangarei、Workwoath、Orawa 等地。一路谈笑风生，像小时候跟着老师旅行一样，除了东张西望车窗外的景致，嘴巴还要叽叽喳喳地说个不停。一天下来，绕着二十六个字母打转的舌头几乎打结了。

"…It won't beastylish marriage…"柔美的节奏，不断地从录音机里流泻而出，翩翩起舞的华、洋阿公、阿婆，谈笑在一起，欢乐在一起，舞出生命的乐章，舞出族群融合美丽的新页。

Uncle Ron

刚刚过完元旦的一个周末，女儿中学时候同学的妈妈——Mrs. Haxwell，继圣诞节前夕送完贺卡之后，再一次来电邀约前往她家做客。

提起这家洋朋友，不仅好客有加，更是乐善好施，不论亚洲人、非洲人、欧洲人……都是他们的服务对象，套句俗话：典型的"鸡婆"。

有一次，一位台湾朋友百思不解地打电话给 Mr. Haxwell 先生说："不知怎的，最近我家水槽一直不通。"这位善人二话不说，当下应允前往了解。也许是他经验够，也许是他敏感度高，三两下子就在厨房里揪出了元凶。

原来是朋友家的不锈钢筷子，洗涤时不慎"误闯门径"，终至迷途不知返。此刻，正一支支标兵似的，立正站好在打开的洗碗槽漏水孔中央。难怪，不管虾兵蟹将一律不准进出，不通。

　　某天下午，一位华人老太太，踮着三寸金莲，摆动着稍嫌老态、又有点婀娜的身躯，正一步一脚印，缓步微移地想通过马路。说时迟，那时快，一瞬间，绿灯转成了红灯。情急之下的 Haxwell 先生，毫不犹疑抓起老太太手臂，立刻冲过马路，走到对街骑楼，才气喘吁吁地停下脚步、松开紧抓的手。

　　面对这样一个突如其来陌生的"牵手"举动，害得惊魂未定的老太太涨红了脸，两眼瞅着这位"冒失"洋人，不知该致谢，还是……尴尬之情溢于言表。当然，好心的洋先生也不知如何说明自己的善意，只好犯错孩子似的，腼腆地、委屈地快步离开，了结了这场状似闹剧的好人好事。

　　邻居新移民生病，经常第一时间到达的不是医生，而是这个俨然移民服务中心的 uncle Ron。六十开外的老先生，脚步行动也不是很方便，但帮助新移民却是永不落人后，与某些反移民人士动辄归咎东埋怨西的态度大相径庭。

　　曾经有一位刚抵达新西兰不久的韩国老太太，正好与Mr. Haxwell 比邻而居。由于气候不适应，染上风寒，卧病在床。这对善人夫妇听说后，立刻敲门探访，告诉他们如何找家庭医师，如何办理医疗保险、小区支持。尽管语言不通，比手画脚、鸡同鸭讲半天，老太太家人还是体会了新西兰国朋友的友善。

他们的好客情怀，从烤箱里不断出炉的糕饼、点心也可见一斑。擅长做各式餐点的女主人 Migrate，不论甜食、咸饼，都让人齿颊留香、赞不绝口。为了舒缓在新西兰照顾小孩"单亲妈妈"、"退休爸爸"的压力，夫妇俩经常邀请这些朋友们到家里去"tea time"，喝喝咖啡、中国茶、日本茶、英国茶，外加可口点心。有时还彼此交换亚洲式、英国式不同风味的食谱、吃法，谈谈各自国家吃的艺术，一派专家模样，妙趣横生。碰上同是基督徒的朋友，在 Migrate 的钢琴伴奏下，大伙儿陶醉在圣诗的喜乐中，共享着午后的温馨时刻。

不同的文化、习俗，虽然制造了诸多尴尬情事，反映出诸多趣事，但也展现了这家洋朋友处处行善、时时助人为乐的宽大胸怀！

"妈！Peter 来电，说下星期日为 uncle Ron 作追悼仪式。"晚餐时，女儿略带愁容地说。

坊间俗话说：善人不长命。真是这样吗？

圣诞老人

  一般人的观念认为：旅居英语系国家，交个洋人朋友，闲来无事磨磨牙、练练英语，应该没多大问题，事实上却不是这样。

  目前，由于华人移民日渐增多，亚洲食品充斥，华语卫星电视、华文报章杂志到处可见。在不用上洋人超市也不致断炊，不看本地电视也能知天下事，在听、说英语没有迫切性的情况下，在自己同胞、华人世界中平静地过日子，不是不可能的。特别是家中有英语流利的年轻孩子代劳，"新西兰代理权"由这些民族幼苗接手，那就更义无反顾地"保存母语"，不用与"鬼佬"打交道了。

  我们家也不例外，结识几个本地kiwi朋友都是透过孩子的"同学外交"、"邻居外交"搞定的。

  老邻居Monty和Hillder，是我们家的圣诞老公公、老婆婆。岁月的指针刚指向十二，还不到圣诞节，这两位"老"

朋友早已带着大大小小各式礼物，提早为我们装点圣诞树。

礼物，不一定很贵重，但全家大小每人一份。雅致的包装纸上，写着收受者名字，粘上代表圣诞节的漂亮贴纸，绝不遗漏哪一个，也不偏心哪一个。年复一年，算算——今年该是第十三份礼物了。

为答谢这一对自称有六分之一中国血统、嗜食亚洲食物——特别是港式饮茶——的老夫妇，我们回报的礼物，通常是带他们到附近台湾朋友经营的茶楼品茗一番。

别以为洋人只吃些春卷、馄饨，萝卜糕、蛋塔、炒饭、炒面之类的，决不亲近鸡爪子、牛肚等内脏。其实不然，举凡芋头糕、虾饺、炸水饺，只要上得桌来，他们无不大快朵颐，吃得津津有味。几年下来，不仅我们邀请他们上中餐馆吃饭、上茶楼饮茶，甚至夫妇俩周末闲来无事，还请我们到不同的茶楼品茗，到中餐馆聚餐，一副华人饮食文化姿态。

最有趣的是，他们虽然年纪一把，但爱国之心、参政之情丝毫不让年轻人专美于前。特别是每三年一次的大选，担任某党秘书长的老夫妇，总要忙碌好一阵子。例如，意见调查、候选人政见传单设计、制作、计算机打字，到挨家挨户发放，无不事必躬亲，一一打点。甚至街头巷尾去贩卖自制糕点、衣物、杂志……各种募款活动，无一缺席，全程参与。

为了争取亚洲人的选票，老夫妇佝偻的身影经常出现在新移民朋友家门口，苦口婆心地为候选人解说政见、表达照顾新移民的立场和决心，其敬业精神，真是令人为之动容。

与老夫妇相处将近二十年，情同家人，老太太生病住院时会通知我们，前往探视，安慰几句；鹣鲽情深的老两口回英国度假，也不忘相告；假期结束返新西兰，必送来该地名产；老夫妇幼子——喜爱大海的 Jeffery，买了艘游艇准备出航，环游世界一周，更不忘秀两下，邀请我们一同瞧瞧。尽管我们是"有看没有懂"，也陪着"内行看门道，外行凑热闹"，嘻嘻哈哈一番。

有时候我们工作比较忙，大半年没去登门拜访，又忽略了打电话致意，多情的老夫妇除了主动来电话了解外，还不忘"限时专送"他们关心但又略带微词的"慰问信"，表达衷心的关爱。甚至干脆来个"popin"，亲自上门一探究竟。

当然，我们有文化、习俗上的不同，发生困惑时，老两口就是咱家的当然顾问啰！

复活节前夕，我们一如往年地接到老先生、老太太的贺节卡片，但例外的是里头夹着一张小纸条，通知我们，两老即将搬迁的新地址。老夫妇由于年事已高，宿疾——关节痛风发作，而子女一周探视一次，出行、饮食均感不便，不得不搬离现住居处，迁入有专人打理生活、照顾健康的养老院所，并邀请我们有空时前往新居闲聊、探访。

就这样，"新手圣诞老人"、新移民乡亲的"顾问行动"，也将就此展开了。

可爱的小鹦鹉

　　"啾！啾！啾！"五彩斑斓、体态丰盈，人称"小型鹦鹉"(parakeet) 的鸟群，正兴高采烈地跳荡于后院大树与屋角沟槽间。此情此景，勾起我恐鸟的记忆，赶紧探头瞧瞧，是不是有小鸟在我家屋溜边筑巢。

　　几个月前，陈太太因身体适应不佳，先行返回原居地疗养。陈医师为了就近照顾，不得不带着孩子们束装离开新西兰。空下来的房子，就只好交由房屋中介处理了。

　　房子上市已有好一阵子了，其间虽不乏问津者，但一直没有适当客户正式成交，偌大的房子也就这样摆着了。

　　"Hi, Pamela, are you free now？ Come over, please！"

　　某天中午，住在陈医师家后面的老外史密斯太太（Mrs. Smith）忽然来了一通电话，口气神秘地要我立刻过去。禁不起好奇的诱惑，更不好意思婉拒史密斯太太的邀请，我放下才端起的饭碗，赶过去一探究竟。

"Look carefully！"头上包着大毛巾，不是正染头发，就是才清洗完三千烦恼丝的史密斯太太，对着屋角边拍手边叫我仔细看。

"哇！"我被这一幕吓呆了。一群大大小小，俨然携家带眷逃难似的鸟家族，正从屋檐破洞应声而出。

"这种花色美丽的鸟就是小型鹦鹉，经常出没于开花的树丛间，现在他们找到这个温暖破洞，就在这里筑巢产小鸟了。将来小鸟越生越多，跑不出破洞，死在里面，可就麻烦大了。"史密斯太太很有经验地告诉我这个既有趣又有点吓人的故事。

"你知道，为什么房子一直卖不出去了吧！""陈医师人在海外，他不知道这种状况……"史密斯太太几分焦虑地说。

"他应该不知道吧！但为什么房屋边会有这样一个大洞？……"我不解地询问。

"小鸟顺着天花板的出口挖出来的。"史密斯太太一派轻松地回答。

虽然此地的房子，天花板上都有预留的孔，必要时，方便住家钻进屋顶处理电线、水管。可是一旦鸟族死在屋顶天花板上，没人发现，岂不臭气熏天，这可不是闹着玩的。

"是不是每家都有这样的危机呀？"我紧张地向史密丝太太打听。

"有可能啊！你不觉得新西兰的鸟实在太多，也太自由了吗？"本地人都如此说，唉！

"对啊！这些鸟也太没教养了，除了随时会抢食人手上的面包外，还经常拿人们的头当马桶，恣意方便。"忽然使我想起一位朋友，走在路上"喜"获"黄金"的倒霉劲儿。

"你得多注意你家屋檐、屋溜，别让小鸟据地为王，那就惨了！"史密斯太太好心地警告。

"这些嚣张的鸟类，如果在我们家乡，恐怕早已……"怕引起洋人生态保育的抗议，我把想说的"烤小鸟"吞回了肚子里。

诞生在新西兰的这些幸福鸟儿，不仅可以海阔天空地自由飞翔，随处觅食，甚至人类的住家也可以随心所欲地分住，确实令人难以恭维！……

聚会

以前经常说孩子不认真读书，老想着放假、休息，曾几何时，故事重演在我们身上。我，是那么地期盼假期。

Semester Break，这是学期中的休息，正好与 Easter Holiday 衔接，于是乎我们这群老学生，也有两个礼拜的空档，舒缓一下紧绷的弦，暂时抛开说梦话都支支吾吾背生字的困扰。也许是传统，也许是……不管怎么说，总之，奥克兰理工大学附设的语言学校在放长假前，每班学生与老师都会安排、设计些特殊的 meeting 或 party，轮流到不同餐馆去享用，见识世界各国不同的风味。比方说，有时候去日本餐厅、有时候去韩国餐厅、香港茶楼、台湾小吃等，既可品尝不同口味，了解各国烹食艺术，又可联谊，极具意义。

四月七日，天气一阵阴霾后，终于细雨缤纷，带来了些微秋意。忽而转剧，下起了滂沱大雨，但阻挡不了这些兴致盎然的学生们，参加老师家新颖而特别的聚会的热情。玲老师 (Lynn) 来自加拿大，由于定居此地多年，她的加拿大英语夹杂着新西兰腔，较之纯新西兰口音，似乎又容易听懂些。

正当其他老师忙着征询学生意见该如何处理聚会之际，她毫不犹豫地约我们到她家去，更进一步了解新西兰人的生活方式、食物，甚至居家形态、家饰摆设，真正接触到本地人的文化。俗语说：言教不如身教。显然玲老师也明白这层道理。

刚踏进坐落于学校附近、优雅的花园洋房大门，便可听到屋内传来欢愉的谈笑声。再往里面走，更是一阵扑鼻馨香，十二点钟不到，我已垂涎欲滴，恨不得赶紧入内解馋。哇——！老师、同学是联合国式的组合，连食物、饮料也是国际性的纷呈，这场面，分明是世界食品博览会嘛！首先映入眼帘的是老师亲手做的新式蛋糕、饼干及甜点，接着是同学们的日本寿司、韩国烤肉、泡菜，台湾猪肉干、凤梨酥，香港小点，还有多种我叫不出名字，不知来自何方的精品。旁边桌子则摆放着台湾乌龙茶，新西兰红、白酒，各式果汁、饮料及日本酒，香醇可口。

除了饱餐一顿，品茗、啜饮各种饮料外，重要的是借此机会与同学、老师及其家人交谊。"学习"千日，用在一朝。平时老师点点滴滴的教诲，就在这个时候完全秀出来了。不分国籍、不分男女、更不分你我，每个人用同样的语言——

英语，述说着自己快乐的过去，憧憬着美丽的未来，畅谈着自己的国家、文化及生活体验。有人表演气功，有人传授做菜技巧，互相切磋，彼此学习。一股暖流，直透每个人心田，弥漫整个屋宇。间或有人口舌结巴，下句接不到上句，头、手脚、眼，各种自己了解的肢体语言，全都派上用场。如果对方还是不明白，便彼此哈哈大笑一场，解除尴尬场面。热闹、祥和、欢畅的气氛，岂是"意趣盎然"四字所能尽述。

　　文化性、知识性、趣味性的活动，拉近了人的距离，提升了宴会的层次，替代了吃、喝、嬉笑怒骂的饭局，真是一次回味无穷的聚会。

学英语

出国前，与外子商量，进补习班读英语，免得到新西兰后，鸡同鸭讲，沟通不良。当时外子认为到了英语系国家，每天睁开眼睛，走出家门，举目所见，不是金发碧眼，就是口操 ABC，还怕没机会学英语？不如省下补习费买些 size 相符的衣服，避免以后到童装部买衣服，那才糗呢！想想，也蛮有道理，于是乎全家大大小小过年似的，添购了一大堆新衣、新鞋，亲友还笑称是不是准备逃难了。

兴奋、新奇且略带惊惧地挨过了长达十一小时生平头一遭的空中之旅后，终于在晨曦的笑靥中，抱着刘姥姥逛大观园的心情，踏上了所谓的世外桃源、人间仙境新西兰。

甫下飞机，即由一纸简单广告牌，在人海中搜寻到了素昧平生的接机朋友——吴南海先生夫妇，靠着他们热情向导，安顿好 motel，送上当季美果佳肴，总算吃住不愁，没在异地他乡饿着。但无可讳言，仍然有一种残障人士的感觉倏地闪过脑际，难掩内心的惶恐。试想——一个个不同于方块形汉字的文字，几乎瞎子般不认识。叽里呱啦，有别于家乡英语课所学，新式英语，聋子般听不懂，哑巴似的不会回答。步出机场大厦，哇！汽车驾驶座在右边，惨了，驾车也成问题，没 car 就没脚。唉！这光景，怎一个愁字了得。

就这样，放下行囊，换上书包，阿宝一家老小立刻加入 AIT 的行列，学英语去也！

新西兰的成人教育，确实不错，除了各地技术学院、语言学校外，小区教育中心散布各区。从各国语言基础班到高级班，休闲活动班，或为谋生准备的商业会计班、计算机班、打字班、室内设计班、摄影班、绘画班、园艺班、烹饪班、缝纫班、陶艺班，甚至为继续修学位准备的基础课程班（foundation course）……琳琅满目，充分满足每个人的学习需求。

最近因应日渐增多的新移民，小区教育中心更广开英语会话及如何在新西兰生活的课程，举凡上银行开户、保险、看病、求职、买屋、买车、带小孩上学，都在教授范围之内，除去不少移民新鲜人适应上的疑虑。现在，许多教会也加入了支持行列：设立英语查经班、英语会话班，对有志进修英语的朋友，可说是机会良多。

就在移民家长们勤习英语，争取谋生经验，准备在此乐土落地生根之际，忽然传出某小学拒收不谙英语之孩童入学，令该学区之移民家长错愕不已，心头阴霾逐日扩张。

想当初，小侄女来新西兰当小留学生时，年方九岁。原以为英语沟通不良的小女娃，一定会视上学为畏途，不消三日就束装返回原居地。不料，就读的 Forrest Hill 小学，不仅拨出时间个别教授 E.S.L. 课程，还指定一位通晓华语的小朋友辅导她，使小侄女不但丝毫不害怕，没打退堂鼓，反而因为课程、教法比家乡传统的教育方式生动、有趣，更爱上学。每天，英语朗朗上口，盼望上课时间长些，上午九点上课，下午三点放学，太不过瘾了。

曾几何时，竟然出现这样截然不同的现象，实在令人难以理解。再说，新西兰的英语教学举世闻名，特殊教育更是有口皆碑。对于这些可塑性高的小学生，若能多一些耐心，融入新西兰文化、新西兰社会，相信是指日可待的。

不同的文化背景、不同的习俗，激荡出多元色彩的生活，对学习力强的儿童，何尝不是开拓国际观、扩大视野的一个机会。更何况正如火如荼展开"汉语热"，即将在各级学校普设中文课程之际，这些孩子也许就是英语母语教师们最好的小助教呢！

课后辅导

当我带着支离不全的"教师梦",正思索着退下阵来，不再奢望在他乡异国教授中文之际，许久不响的电话铃声，再度惊扰耳畔。

"Hello，我是××小学的校长，我们学校有小朋友想学中文，你可以来教这个课后辅导班吗？"略具腔调却不失其和蔼口吻的女校长，震撼了平静的我。

"Yes，yes."忙不迭地，我连答两个愿意。

是上帝怜悯我？是千里马遇上伯乐了？不管怎么说，我算是迈开了第一步，我终于可以打着此地"登记教师"的名号，进入本地小学，为教授华语、传扬我中华文化，略尽绵薄之力了。这是我梦寐以求的心愿，也是我的职志。

印象中，以前在原居地时，各级学校升学竞争大，每天下课钟声还没响完，孩子们已收拾好书包，忙着转赴其他地方参加各种课后辅导，补习数学、英文、理化……就怕补得不够，读得不熟，不能与别人在升学舞台上一较长短。每天都是那么的临危戒惧，心情丝毫无法轻松。

此地小学也有课后辅导，下课以后，孩子们留下来在自己学校上课。但性质与亚洲人的课后辅导不同，科目也不是数学、理化。所有课程，不论日文、中文、羽毛球、足球、板球、钢琴、法国号、长笛、竖琴等，都是依着孩子们的兴趣，由学校董事会管理，校长聘请专业老师，利用课后时间，或在学生教室，或在校中图书室，或在操场，运用有限的资源，指导孩子们学习，加强孩子们的专业知识与素养。

这些课都是学生自己的选择，是他们的喜好。上课时，师生互相讨论，彼此商量，因此，没有呵斥声，更没有藤条侍候。教室里，有的是笑声、琴声，大家激励、鼓舞的拍手声；操场上，也只见孩子们活泼运动的身影。教的人兴致盎然，学的人更是意气蓬勃，有趣极了。

在这里的课后辅导，老师不必为出考题伤脑筋，学生也不必为达不到标准成绩而忧容满面。不同的个别差异，各有不同的教材及衡量标准。因此，每个孩子都是 goodboy、goodgirl，甚至 excellent，哪怕是从零分进步到一分，老师都不忘送一句鼓励的、赞赏的话，师生融洽，世界和平、宁静。原居地的孩子，若能得此待遇，那么砍老师、打老师的事件，应可成历史绝响，而课后辅导的噩梦，也可消失于无形了。

转折点

"咦！你——是——阿宝吗？"杏眼圆睁的萍，难以置信、几乎惊叫着一个字一个字地说。

"是，我是……"阿宝也因着突如其来的一幕"楼台会"，满脸惶惑。

一个因缘际会，同窗七载的老同学，在踏出校门各为曾经信誓旦旦的抱负、理想，分赴异地打拼多年后，绕了半个地球，在奥克兰机场不期而遇，其兴奋与讶异，自不在话下。

"你……"

"是啊，五年前在故乡职业倦怠了，转战异乡、落脚此地。"阿宝知道对方想问的是什么，干脆不打自招。

"你现在做些什么？"萍好奇、关心地询问。

"为了某些未完的梦，我当老学生去了。"阿宝愉快地说。

见老友一脸好奇，阿宝继续说："在结束了看似灿烂，却也忙碌、紧张、喧嚣、有泪有汗的职业妇女生涯后，只能每天随着日影旋转，例行着洗衣、烧饭，没有掌声，没有挑战，一片宁静空白的时日。虽然如此，倒也清闲、惬意。但，五年来，当一成不变的作息，渐次由陌生而熟稔，甚至陷入枯燥、乏味；当兴味盎然的田园乐趣，慢慢成了轻微负担时，终于兴起重披学生衫，走入年轻时光隧道的愿望。"

"以英语念书，行吗？"萍实在很难相信，二十六个英文字母都弄不清楚的"古人"，除了中国古典诗词、文学，还能……真是天方夜谭。

"船到桥头自然直！"阿宝自信满满。

就这样，你一句，我一句，几乎忘了置身公共场合，更无视于周遭过往旅客的注目，久别重逢的雀跃，使两个人仿佛又回到了以前叽喳不停、谬论不断的学生时代。

人的一生，宛如中空挺直的竹节，由小孩长大成人，由成年进入垂暮老者，是由一个个不同阶段接续而成。也有人说：人生好似舞台上的一出戏，由于戏码不同，得时时刻刻扮演、变换着不同的角色。姑且不论人生如戏、如竹，毋庸置疑的是，每一个阶段的接榫，应该就是一个转折点！

随着时空的挪移，生活形态、思维、际遇也跟着改变。有人安土重迁，一辈子固守故土，奉献桑梓，不思迁徙；有人却一生传奇，每一段改变的背后，都有着令人意想不到的遭遇与故事，让人无法忘怀。

移民，是段值得深思、耐人寻味的里程。在这段过程中，适者生存，而适应不良，就只好面对淘汰的命运了。为了迎合移植的新生命，要学习面对排山倒海而来的戒慎、疑虑，转变初期的冲击、不适，更需学习对外围所有人、事的感恩，以及适时调整甫踏入异邦、萦绕不去的思乡愁绪。在在均牵涉着定、静、思、虑、得的转换功夫。

"船到桥头直不了，怎么办？"好友打断阿宝的回忆，体恤地问。那种表情令人感动，也有点令人发噱。

不错，骤然面临转变之始，的确会有些许压力，但医学、心理学专家认为，压力不尽然都不好。君不见，学生在校因为适度的压力，成绩名列前茅；文人雅士，文穷而后工；而坊间更认为失败乃成功之母。因此可以见得，一旦突破盲点，冲过瓶颈，更由于尘俗的洗礼，经验的历练，世事经过一番沉淀后，危机自然成转机。非但不必恐惧、逃避或抗拒压力，反可因升华、接纳、水到渠成，成就一番事业。充斥侨、学、商界转型成功的例子，就是最佳明证。

当然啦，物竞天择，转换失去平衡，得失拿捏失当，失去信心，因而每况愈下，终至萎靡的，亦非全无。套句俗语：成败尽在方寸间。移民路，不归路，一旦踏上这段里程，孩子教育也好，成人事业也罢，或者老者赡养、生活适应，一切皆是缘，端看当事者如何使之缘（圆）满啰！

"你是说：山不转，路转；路不转，人转？！"好友似顿悟，又似迷惘，悠悠地说。

周日巡礼

　　一道金光直射眼底，亮丽的日照，几乎叫人睁不开眼。阿宝不得不放弃与周公厮杀得不可开交的博弈之约，打住正酣美梦，一骨碌地披衣坐起，当然也忘不了揪起高卧隆中的老公。一番简单漱洗后，相偕踏上"周日巡礼"去也。

　　薄薄的凉意，略带馨香的空气，稍嫌沙哑的鸟鸣，加上路边地毯似的铺了一地的落叶，给这宁静的初秋平添几许萧瑟。尤其是周日清晨，一路上店家门扉紧闭，除偶然疾驰而过的汽车外，就只有三三两两的慢跑者，点缀着寂寞的小镇了。

　　了无新意的街头景象，驱策阿宝的脚步迅速转往人潮稍多的"跳蚤市场"。这是度假景点外，假日里唯一见生机的区域。方圆五百公尺左右的市集，大清早就陆陆续续拥进了各色人等：闲逛的、搜寻古物的、买便宜货的、市场调查的，扶老携幼、排排站地伫立于各式摊位前，其热闹情景，俨然庙会一般。若一定要挑出别于亚洲国家的异趣，那大概是缺乏一些亲切的叫卖、吆喝声吧！

排列整齐、洁净的摊位上，罗列着各种新旧日用品、花草植物、蔬菜水果，甚至熟食热狗、薯条、汉堡也一应俱全。蔚为奇观的是不合时尚、使用过的衣帽、鞋子、皮包、童玩、碗盘杯碟、家庭修缮工具、电器用品、盆景、窗帘……充斥其间，而漫步徘徊的 kiwi 们，亦毫不犹疑地停下来挑选、试穿。买卖双方一番讨价还价谈妥彼此都能接受的价码后，生意就算正式成交，客主尽欢，开心地互道："Thank you, have a nice day." 祝福彼此有个愉快的假日。

面对这些满足的笑容，称心地带着"战利品"离去的背影，阿宝脑际霎时晃过一连串的疑问：那些旧衣物不是别人穿戴过的吗？卫生吗？方便吗？……

此时此刻，勤俭持家的观念，似乎已不专属于中国人了！

迷惑间，大闹空城的五脏六腑，催逼着阿宝离开这个繁忙的角落，走向另一撮小人丛——早餐店。眼看着店主给的点食单 (menu)：omelet、egg、bacon、sausage、waffle、salad、sandwich、muffin……，与故乡的烧饼、油条、馒头、豆浆大异其趣，也颇具学问，这下可真费周章了。在浏览了一遍又一遍，仍旧茫茫然不知从何选择的情况下，两佬自作聪明地想：英语国家，就点个"英式早餐"(english breakfast) 吧!

"嘎!二杯 tea。"老公瞪大眼凝视。

不对,不对,阿宝掩饰着满脸土气与羞涩,很懂似的走向柜台,指着 menu 与小姐叽里咕噜一番,又点了几样自以为是 kiwi 式早餐的东西,外带两杯咖啡后,满意地想着:这回该错不了了吧!

"哇!老婆你请几个人吃?"面对着桌上两大盘土司、什锦蛋包、西式香肠、火腿,两小盘水果拼盘及"卡布其诺"(cappuccino)咖啡,老公诧异地捂着嘴说。

"既来之,则安之,吃吧!"阿宝压低嗓门说。

像似怕弄痛了刀叉,又像似淑女,阿宝小心翼翼、斯斯文文地在大腿上铺好餐巾,拿起餐具切切割割,一小块一小块地往嘴里送,表现出很享受的样子。

费了个把钟头,好不容易两个乡巴佬终于有模有样地用完了伟大的早餐,轻巧地擦擦余香犹存的嘴角,撑着肚皮结束移民生涯中第一次的"周日巡礼"。

钓鳟

　　每年十二月和次年一月是新西兰学生的假期，而圣诞节、新年前后，更是一般人的度假时间，我们既然移居这个地方，当然入乡随俗，免不了也要加入新西兰人的行列，一起走出户外 happy happy 去了。

　　虽然，早在几年前，南、北岛已大致转过一圈，在这块人间最后的净土上，烙下不少深深浅浅的脚印，但陶波湖 (Lake Taupo) 的面纱，似乎还没真正掀开、还没仔细赏玩，所以此次行程，便将新西兰最大湖泊——陶波，列入探访地点之一。

　　这个由火山爆发所形成、与新加坡面积差不多的陶波湖，具有上百个海湾 (bay)，不但湖岸极富变化，风景秀丽，成为游览景点，同时还是世界有名的钓鱼胜地呢！特别是钓鳟，名闻遐迩，让人趋之若鹜。

　　根据朋友介绍说，北岛的罗陀鲁亚湖 (Rotorua) 和陶波湖里，密布着各类鳟鱼，常见的有彩虹鳟 (Rainbow Trout) 和棕鳟 (Brown Trout)。但这种贵气、刁钻的特殊鱼类，不是人人唾手可得的。垂钓者若不是技巧纯熟，或是具备丰富的湖岸钓鳟经验，经常会乘兴而去、败兴而归，毫无所获。因此，为了不减游兴，又能有一次愉快的尝试，同行出游的几家好友，合资请来了深谙个中门道的专业向导，驾着类似游艇的大型钓船，追寻鱼踪，享受生平第一遭的"钓鳟乐"。

眼看租船的三个小时，一分一秒地过去了，一字排开标兵似的鱼竿，依然平静地伫立于明镜般的湖面上，丝毫没有"鳟"友青睐、造访的迹象。唉！姜太公钓鱼，愿者快上钩啊！

风强雨骤的天气，搞得充满期待、兴致盎然的每个人脸上湿漉漉的，一时间，也分不清究竟是雨水、溅起的湖水，还是汗水了。

"有了！有了！"在一阵尖锐的呼喊声中，外子紧握的钓竿上，一条硕大、色彩绚丽的彩虹鳟，正努力地摇首摆臀、上下左右晃动，企图挣脱鱼钩的束缚。霎时，迟来的喜悦，笼罩着每一位朋友绽开花样笑容的脸庞，全船为这唯一到访的"鳟"客鼓掌欢迎、喝彩不已。

经过向导专家的说明后，大伙儿终于豁然开朗，原来天时、地利、鱼饵都有可能影响鳟鱼的渔获量。钓客如果想在湖泊钓鳟，最好是选在每年的三月以后，尤其六七月间，时值本地冬天，气候寒冷，又是鱼儿产卵期，鱼群会浮游在浅处，若于此时垂钓，比较容易有丰盛的收获。

值得注意的是，在新西兰钓鳟，必须具有湖泊钓鱼证，同时渔获量及鱼的大小，也要受到政府法令的限制。若不依规定，一旦被检举，除了巨额罚款外，钓鱼用的钓具及车辆也会被一并没收，得不偿失。

不过，有兴趣钓鳟的朋友，倒也不必因噎废食，只要透过当地饭店或相关单位代办钓鱼许可证，就一切 OK 了。试试个中乐趣，试试手气，必会像我们一样回味无穷！

素食

Vegetarian——素食者，顾名思义，这些朋友们在吃食方面是以蔬果为主。

20世纪90年代，当各种身心问题、文明病痛正蠢蠢欲动，向着人类进犯、威胁之际，许多人为了远离高血压、心脏病的干扰，维护人性尊严，不向层出不穷的百病低头，更避免病体奴役的痛苦，纷纷改食自然爽口、低脂肪、低胆固醇的食物。有更多的美容拥护者，为了"窈窕淑女、君子好逑"，尽量减少令人肥胖、无用的肉类食物。还有些提倡自然生态保护、爱护动物的人士，他们也建议少食肉类，多吃青菜，实行素食或半素食。

姑且不论素食主义的人所为者何，也不管他们强调重点是否关乎个人嗜好、健康考虑或环保意识，总之，"吃素"在时下社会里，已不再是小时留下的回教徒不可吃猪肉，尼姑、和尚才吃素的刻板印象，更不是宗教的区别代号了。事实上，原本嗜食大鱼大肉而今改成素食的西方朋友，亦大有人在。甚至大街小巷素食餐馆林立，与主厨腥膻荤食的菜馆分庭抗礼，迥异其趣。

这阵子，奉行素食主义的母亲大人来访，在绝口不沾肉、蛋的严格教条下，一向不善烹调，而又懒于不断变换荤素不同锅瓢的"煮妇"——阿宝，索性来个"吃食革命"，全家响应吃素。在家母的临场指导下，家人一起享受素食的乐趣，初尝告别肉食的经验。

每日三餐，接触的、关注的、购买的、调理的尽是生鲜的"青青世界"，即便偶有罐头食品，也都非肉类族群。生平不曾品尝、色泽金黄、外形犹如金盏花的金针，在妈妈专家的调教下，竟也煮成了餐桌上甘甜可口、色香味俱佳的珍馐佳肴。而叶瓣硕大，不很引人注目的萝卜叶，在辣椒的拌炒下，居然成为开胃佐食的"雪里红"替代品，让人食不知饱。

"阿宝，有位农场朋友托了些新鲜果蔬，要不要来看看？"当大伙儿正为吃惯家乡多样化蔬菜，且不可一餐无青菜的高堂四处遍寻变化的菜式时，隔邻救兵——林太太实时赶到。

也许天候、种植及吃食习惯的不同，此地生产的菜类，与原居地略有差异。比如说，夏日量产的丝瓜、苦瓜、小黄瓜、空心菜、油菜……不但生产季节短、数量少，质量更是不能相提并论。因此，寓居新西兰多年，很少有机会吃到这些爽口味美的家乡味，当然就更谈不上吃过瘾了。

连续几天，在农场朋友提供的可口"地上鲜"结束后，全家人又一次为张罗素菜陷入苦思。阿宝毕竟是新手，个中知识领略太差，总是不能满足"素食老饕"的馋涎。几经磋商，最后决定首开纪录拜访本地的素食餐馆，除领教别具风味的素食世界外，也趁此机会学做两道菜。

"咖喱羊肉，外婆可以吃吗？"翻开菜单，小女第一个大声惊呼。

"对耶！荷叶 Tuna 鱼，奶奶可以吃吗？"同行的侄女、外甥发现新大陆似的，个个瞪大眼睛，疑惑地叫嚷。

乍见之下，做工惟妙惟肖的每一盘菜，望之俨然真实羊排、鱼排、宫保鸡丁，即使豆制的 Tuna 鱼，及利用香菇末、香菇茎配合其他佐料做成的"扣肉"，不仅外形酷似，吃了以后口感十足，齿颊间也仿佛存留着真实肉香，令人回味无穷，不得不赞叹厨房师傅手艺灵巧、智慧高超。

可是依然是肉食品领军的新西兰，比之于价格低廉的牛、羊、猪肉，购买生鲜蔬菜确是所费不赀。特别是极富蛋白质的素食极品——豆类，不论豆腐、豆皮、豆干、黄豆、黑豆，价格之高昂，令人咋舌，望之却步，几乎可以说是"奢侈品"，只能偶一食之。

看来，居新素食者若欲营养均衡，维护健康，在保护荷包的前提下，是会有那么点儿艰辛了！

园长奶奶

一

　　打从雅好种植花果蔬菜的林奶奶放出风声，准备开春后到新西兰起，这一家便开始了先期作业——打点庭院。不论前院、后院，大肆整顿一番。尤其是兼具果园、菜园及花园等多功能的屋后空地，更是不可遗漏的上选佳处。因此，男主人买来了小木围篱，利用每天下班闲暇时刻，趁着日头吻别西山之前，赶工把不算太宽广、几乎令人叫出"田园将芜，胡不归"的迷你菜圃，一畦一畦画好界线，倒进几袋堆肥，滋养一下贫瘠土壤。这还不打紧，为了让新客（未来的蔬果）吃饱喝足外，还能不受天敌环伺，于是重新拉水管、布置赶鸟设施。总而言之，一切就绪，只等园长大人一驾临，即可走马上任了。

话说负责任的林奶奶荣膺园长头衔后，还真不负众望，早早晚晚，按时为这些青葱植物除草、施肥、浇水，甚至加点装饰。虽不至于像陶渊明一样"晨兴理荒秽，带月荷锄归"，但也相去不远了。

　　"大宝、二宝、小妹起床啰！"

　　"快！快！太阳晒屁股啰！"

　　每天清晨，当第一道曙光划过天际，园长奶奶号角似的嗓门，已逐个房间响遍，叫起美梦正酣的"童工们"，全家老小齐聚廊下，一起做园长自行发明的晨操——抓抓耳朵、揉揉鼻子、甩甩手、踢踢腿、十指交错合掌、两手向后做拉毛巾姿势，让静止了一宿的筋骨活动一下，同时防止冷空气侵袭余温尚存的四体五官，避免过敏感冒。接着，开始例行公事——拿水管清除前夜残留叶面的宿露。据说这样做，可以防止果菜叶子长虫。真是"行家一出手，便知有没有"。

　　"大宝，你先跟爸妈一起松土。"奶奶边把圆锹交给大宝，边说明怎么松土。

　　"对了！堆肥成本太高，二宝，你来把这些杂草倒进墙角的大坑里，风吹日晒几天后，我们就可以有自制堆肥了。"

　　"是。"听到奶奶点名，二宝没精打采地拿起簸箕，举步维艰地缓步微移了几下。

　　"来！每棵果树底下撒些肥料，不可以太密噢！"想让小妹提提神，奶奶派了另一份差事给她。可是当她看到孩子们粗手粗脚、一副心不在焉的动作时，奶奶又心疼地说："小心百香果的嫩须噢，扯断可就活不成了。"

试行新生活的头几个早上，一则毫无种植蔬果经验，兴趣缺缺；一则少爷、姑娘们还没脱离周公掌控，个个睡眼惺忪。因此，只见奶奶又是口令，又是示范动作，忙得不亦乐乎，而这群"童工"们却有一搭没一搭地比画。但园长奶奶一点也不气馁，自顾自地一个步骤、一个动作照行不误。

二

"奶奶，这是草吗？要不要拔掉？"大宝兴冲冲的除了帮叶儿冲冲澡，让它喝喝水外，还替它修理参差不齐的胡子。

"爸！我的绳子太细，绑不住，再给我一小截吧！"

"这根棍子太短，豆豆爬不上去。"

"妈！苦瓜须须纠在一起，彼此拥抱了，你帮我忙，把这个架子加大些。"

二宝看见苦瓜须纠缠不清的模样，疑惑地问奶奶："咦！苦瓜不是长在树上吗？怎会攀在架子上呢？"……

不知何时起，孩子们已兴味十足地加入了"春耕营"。看来——孩子们是真爱上这块土地了。

不仅如此，兄妹三个闲来无事，便来个"菜园巡礼"！

"奶奶，您看西红柿开花了。"

"哇！小黄瓜也开花了哎！"

"苦瓜的须须攀在我上午绑的架子上，好聪明噢！"

"可是——豆子好懒啊，趴在篱笆上睡觉哎！"

"奇怪！是谁给西洋芹吃欧罗肥了，居然几天不见，就令人刮目相看，长得好高！"

两个大男生在小天地中视察过后，七嘴八舌地抢着跟奶奶报告最新消息，更为自己帮绿世界伙伴搭建的新居获得青睐而喜形于色。

园长奶奶正思忖着热爱大自然的孩子会不会学坏时，几个孩子的声音，又在耳边响起。

"妈！你快来看，百香果跟苦瓜、丝瓜一样，有卷卷的须，好好玩噢！"

"瓠瓜叶，你遮住番茄了，来，稍微挪一下，让太阳姐姐亲亲。"二宝深怕番茄阳光不足，但又怕伤了瓠瓜须，边蹑手蹑脚轻移叶架子，边自言自语地说。

"奶奶，听说新西兰瓠瓜的公花、母花要靠人工点花授粉，这是小事，就交给我来办吧！"在学校修生物课的二宝自告奋勇、兴致勃勃地抢着表现一番。

"奶奶，茼蒿冒芽了，我来移植好吗？"大宝也不甘示弱、跃跃欲试。

"哇！结实累累，柠檬树跟橘子树的枝条不胜负荷了！"嗜喝果汁的小妹果然眼尖，拉着毕恭毕敬、九十度鞠躬的树枝大叫。

"嘿！你看，葡萄才真是一串串又大又甜呢！太棒了！我们可以酿葡萄酒吗？"

孩子们你一言我一语，显然——热热闹闹各据一方的十来种蔬果，不但为原本寂寞的小小果菜园增添了不少生气，也令来自水泥世界的毛头小孩，对这从未有过的陌生经验叹为观止外，还充满着各自的期待。

三

新西兰罕见的小白菜、荷兰豆及大大小小、种类繁多的番茄、葱等，在师父（奶奶）领进门，而徒儿们亦认真学习、悉心照顾之下，不消一个月，一棵棵便飞跃着直往上蹿，有些豆类、瓜类甚至匍匐地面，四处寻求栖身之处。各项蔬果在这些新园丁的呵护下，不但生长期缩短，而且没有虫害。

盛夏季节，当一株株新贵争相出头时，不仅左邻右舍——华人、洋人——同享口福，有时生长过盛，还得劳烦男主人开车，远远近近地四处分送，真可谓"一家种菜万家吃"，造福天下苍生了。

由于蔬菜我们结识了不少朋友，难怪友人要戏称"菜园"为"菜缘"，而率领一群原本五谷不分、四体不勤的娃儿们共创佳绩的老奶奶是"园长"了！

公交车族

　　正式登上"失业"宝座，入主"家管"王国之前，阿宝曾经因为坐拥青少年世界，忝为无冕王，叱咤基础国学殿堂，而稍具购车积蓄。然而地狭人稠，停车不易，加上原居地向来公共设施完善，交通便捷，因此，香车美人无异于遥远的梦想，海市蜃楼罢了。

　　谁知，涉足白云故乡后，竟是另一番景象。No car no 脚（脚的闽南语与 car 谐音），人人"车"来"车"去，家家至少拥有一部自用汽车，多的甚至两部、三部。开着亮丽的自用豪华轿车，进出方便，节省候车时间外更是满足了如阿宝之流，原本路痴加车盲，如今却能略辨西东，稳稳上路的成就感——吾不为也，非不能也。

　　既做了快乐的开车族，当然搭乘大众捷运——公交车——的机会，便相对减少了。

　　那天，为了避免寻找停车位的困扰（曾几何时，奥克兰市内的停车情形已是一位难求），同时免去日益高涨的停车费剥削，阿宝开心地加入了"公交车族"。

才踏进车门，迎面而来满口早安的盈盈笑脸，霎时赶走了追车时的惊魂、不安，心情为之舒坦。途经若干停车站，不论上下车人数多寡、快慢，那一贯的问安、笑脸，有时还真令人怀疑：是录音机放的吗？

由于当时正值上下班尖峰的八点时刻，车流由刚开始的区区几部车，渐次成为车水马龙，一部挨着一部，在高速公路上缓步微移。忽然间，方向盘一转，司机把庞大车身驶入了左边，竖立着 Bus Lane 6：30—9：30 醒目大招牌的墨绿色公交车专用道上。在身旁罗列的无数私家车司机只能恭敬地行注目礼，却无心私闯的保障下，大巴士一路畅通无阻地疾驰而去。

跟很多地方一样，此地的公交车司机必须兼职售票员。鱼贯而上的乘客，客客气气地将票款摆上，说出目的地后，司机才按下计算机贩卖机，递出正确的车票与找零。若有学生、长者乘坐，则必须出示特定证明，购买不同的乘车票。万一乘客只有口述，却没有行动配合交出必要的证件，司机会耐心地等待你一切手续搞定后，才递出适当的车票。如此一丝不苟、有条不紊地操作完所有作业程序，乘客亦已各就各位后，司机先生终于可以正襟危坐、二眼平视前方地开车上路了。

这样的"标准模式"，在每一个停车站周而复始地进行着。

　　曾经有朋友这样说，新西兰公交车非常不准时，特别是路线的区间站，经常令许多接驳乘客，向着转换的下班车，道再见，任其扬长而去，徒叹无奈。乍听之下，深觉不可思议，难以想象。西方世界，不是一向标榜"守时"吗？怎会如此令人扼腕？经过亲身经历，才恍然大悟个中奥秘，真是饶富趣味！

　　优质服务，平稳安顿乘客，固然值得嘉许，但若能兼顾准确行车时间，岂不更妙！鱼与熊掌，取舍真有这么困难吗？

相约在午后

　　人，也许因是群居动物的关系，经常会不定时地相聚在一起，或聊天，或讨论事项，或研究功课，或研讨圣经，或一起吃饭，或开开会，或……总之，每隔一段时间，有些人必定相约见见面，联络联络感情。

　　古时候，交通、设备都不如现在发达，"市集"便成了人们交换货物、见面的最好场所之一。如今，各项软硬件设施进步，如果开会，可以在会议室；想谈事情、聊聊天，可以到咖啡厅、茶楼或者其他特定地方；讨论宗教经典，除了教会、寺庙外，众多教友的家里也可提供舒适的小组聚会场所。因此，无论从事大小活动，各有其适当位置，方便极了。此刻，甚至干净、明亮的超市，每个人忙着购物，没有受打扰的疑虑，也可作为谈心的处所。

　　有人说，入境随俗；也有人说，融入主流。殊不知，对于那些在故乡土地上度过大半生岁月的长者移民来说，小时的点点滴滴，年轻时的意气风发、光荣事迹、嗜好，虽"不思量"亦"自难忘"，想要彻头彻尾地调整"中国味"的步调，确实有待时日的考验。

移居新西兰多年，吃遍麦当劳、肯德基等西式餐点后，齿颊间猛然释放出原乡味。即便是在家乡时不甚喜欢的食物，此时此刻，在思乡情愫中，竟也扮演起举足轻重的角色。常常一块豆腐、一瓶肉酱、一盘麻婆豆腐、蚵仔面线，甚至一包零嘴，都能抚平多感、思念的细胞，高兴上大半天。

正如客厅里那株观赏辣椒，尽管很认真地浇水、给它充分的营养，但安身立命的"水土"不对"味"，它硬是不开花、不结辣椒。"乡思"这怪物也是一样，不仅于口腹之欲固执不通，就是家乡的音乐、家乡的文字、报章信息一样心有所思。坊间社团、华语电台不断地有儿童说故事、歌谣比赛、华语歌曲演唱会，怀旧老歌更是在侨界长一辈乡亲的心目中历久弥新、恒久不褪色！在扰嚷的英语世界中，能够接收到自己聆听已久的乡音，看到自己熟悉的文字，格外亲切、感动，正应验了"思念总在分手后"。

"每个礼拜三近午时分这里有各家免费报纸，我们就在这里见，怎么样？"当北岸台湾超市 (T-mark) 四月份在住家附近开张后，好友突发奇想地这样建议。

奥克兰地区每周都有一份收费、七八份免费的华文报纸，在这之前，经常为了取得信息看一份华文报，得开车大老远地跑到 Northcote 区去拿。即使刮风下雨，依然甘冒湿冷，花二三十分钟地跑一趟，有时想想还真佩服自己的能耐。现在可好了，每一个礼拜上超市报到一次，拿份报纸，除了解地球另一头的动静外，看看还有什么家乡食品上架，解解馋嘴，也回味回味以前在家乡的日子。

初秋，午后柔和亮丽的日照，洒在青青绿草地上，映射出青翠灿烂的金光，不但没有燠热、烦闷的感觉，反教人心情出奇的开朗。这时，三两好友相偕逛超市，几个人共推一部置物车，神情轻松地、脚步轻盈地踩在干净、发亮的瓷砖地上，缓步微移，巡行似的找寻着各自的钟爱，谈谈居住这里的喜怒哀乐。当然，更多时候是去挖掘小时候的记忆，复习一下在海的那一边曾经共同拥有过的甜蜜。偌大的超市，购物者不多，经常只有稀稀落落的几个人进出，确乎是另一处免费、清静的谈天好地方。

茶楼，除了特有的茶香，还传递出各种小吃、点心香醇的美味，刺激着很东方的味蕾；熟悉的杯盘、调味品，馨香、温柔地伫立一旁，睥睨的眼神，俨然久违的老友，流露出一股令人难以抗拒的真情，触动着敏锐的心弦——这是超市以外，很适合几个死党闲磕牙的华人食肆。

经常，几个好友在超市买完想念的食物后，转战茶楼继续未完的话题，也祭祭五脏庙。饮食间、觥筹交错中，萝卜糕、芋头糕、烧卖、萝卜丝饼、凤爪、春卷、海蜇皮、牛肚、虾仁肠粉等散发出来诱人的吸引力，锐不可当。随着两杯香片下肚，打开话匣子后更是一发不可收拾。大快朵颐之余，仿佛又回到故乡饮茶时刻。咀嚼着特殊口感的原乡小吃，也咀嚼着流逝的韶光，无形中解除了因时空限制，无法亲炙乡土的愁绪。

奥克兰目前虽然没有真正的"中国城"[①]，却不乏各式亚洲餐馆、亚洲商店，举凡泰国、韩国餐馆、日本料理、印度尼西亚食品、越南菜到处都有，而闻名遐迩的中国美食就更不用说了，应有尽有。但不知怎的，对于台湾口味就是情有独钟，这难道就是所谓的"恋母情结"，恋恋不舍家乡的独门绝活？！

为了调适移民岁月中居家的闲情，为了填补美好的午后时光，在半退休状态的日子里，读读喜爱的书籍，做做快乐义工外，踏着和煦阳光，在"乡味"十足的小街上，恣意地晃荡，纵情地浏览，认真地品尝，带回一包包酸甜苦辣的食品，带回一箩筐记忆深处的愉悦，试着满足一下古人口中"他乡遇故知"的滋味，也圆一个"相约在午后"！

———————————

[①]此稿完成于 2003 年，而位于奥克兰东区 Ti Rakau Drive 262 号的中国城，于 2010 年始建成。

围炉

很久了，已经很久不曾这样大伙儿聚在一块儿吃丰盛年夜饭了。

以前在家乡过年，一则烹调技术不佳，一则家庭成员不多，总共不过三个人，因此，阿宝家的除夕年夜饭，总是烧几道象征性的鱼、鸡、青菜，也就过了（这样都还得打发几天才能吃完）。移居新西兰后，洋人地区过圣诞节、新历年，这种中国人玩意儿，就更没法儿施展了。

"围炉"，一如北国穿戴厚重衣裤、驾着雪橇，叮叮当当从雪地而来的圣诞老公公，在新西兰盛夏的季节，早已失去它原来的意义。既不可能享受热腾腾、香气四溢，吃进肚里火辣辣、肠胃都暖和起来的火锅；更没法儿几代同堂地围着热烘烘的火炉，聚在一块儿话家常、听老奶奶说吉祥话、发压岁钱。在这里除夕围炉，充其量不过是乡亲们借庆祝佳节的机会，围着大圆桌欢聚一堂解解乡愁罢了。

当原居地正风起云涌地响应春节假期赴国外旅行，或一窝蜂地赶往大饭店享受异国情调的珍馐佳肴时，旅居新西兰的我们，却更珍惜在家团圆的日子。也就是说，除夕夜，左邻右舍、亲朋好友自备几道拿手好菜、家乡风味名菜，在某一人家，围着此地难得一见的旋转桌，共进年夜饭。

打从腊八以后，"年"的气氛便从四面八方一丝一缕地围向华人世界，有别于新西兰风味，有限的华人春节食品、饰品、贺卡……纷纷不甘示弱地抓住逐渐冷却的洋人年节尾巴（本地公司行号、学校，很多是在一月十五日以后陆续告别假期，恢复正常作息），悄然登上新世纪舞台。

"欢迎驾临寒舍与我们共度除夕夜。"主中馈的文蓉姊，不但张罗每个礼拜所有教友的主日午餐，逢年过节，还不忘为这群羁旅异域游子们的五脏六腑，调制可口的祭品，设计温馨的节目，满足大伙儿想念家乡年食的馋嘴。

过年，对孩子们来说是最高兴不过的事了。这次的除夕大团聚囊括了邻近五、六家乡亲，孩子之多，自不在话下。小至十来岁乳臭未干的小朋友，大到二十多岁即将踏上红毯的小年青，一网打尽，举凡未婚，皆属此一范畴。因此，父母、孩子分别"自立门户"（各坐一桌），呈现不一样的饮食文化场面。

席间，孩子们大快朵颐之外，不忘笑闹、玩牌、彼此恶作剧，除了没有压岁钱、放鞭炮外，家乡孩提时代熟悉的玩意儿，在这群孩子们身上，历历如绘地被翻版出来。

"年夜饭吃得越慢越好，而且每样菜都得尝尝噢！"看着不同于平日的山珍海味，有人大声疾呼。

"对！对！对！吃空空，好年冬。"年轻人操着不甚流利的台语附议。

每个人忙着举箸品尝各家代表作时，贤慧的秀珍，从厨房里端来精心制作的 snapper，谦虚地请大家来个"年年有余"：来！来！试试我做的鱼。

"我这个芥蓝很地道，各位尝尝吧！"正如她美丽的外貌，菜烧得色香味俱佳的珠珠，吆喝大伙儿吃吃象征长寿的长年菜头（大头菜或芥菜）。

"客家小炒，好吃哎！"一向伶牙俐齿、生就一副好口才的程先生称赞地说。

"干！干！"

"没有屠苏酒，试试这酒鬼（酒名），如何？"小有酒量的苏先生劝大家更进一杯酒。

"喝酒？兔肉下酒该是上乘美味吧？"有人促狭地打趣爱兔如子的养兔专家——蒋爸爸。

"那条鱼不能吃完，来，换换我的绝活。"酒过三巡后，何弟兄落实年俗地请大家换尝他的拿手红烧鱼。

面对满桌子的丰盛——热乎乎、香喷喷的应景年糕、年菜、虾、螃蟹、牛肉等美食，配上新西兰的香醇美酒，教人不喝也醉。觥筹交错中，在场宾客个个吃得红光满面、齿颊留香；干得杯底朝天，欲罢不能，欢乐之情溢于言表。

正酒酣耳热之际，忽然有人面带微醺地轻哼《一件礼物》："有一件礼物，你收到没有？眼睛看不到，你心会知道，这一件礼物，心门外等候，是为了你准备，别人不能收……"《新年歌》："每条大街小巷，每个人的嘴里，见面第一句话，就是恭喜恭喜……"在美酒佳肴、民歌的助兴下，海外过年的情绪，推到了最高点。

习惯了春节期间照常上班、上学的日子多年后，得以回味童年记忆，重温儿时旧梦，享受海外围炉的温馨，这不能不感谢文蓉姊夫妻。如果不是他们不畏劳累，一早起来腌、卤、洗、切、煲各式年菜，准备大小杯盘；如果不是这些个家庭的热心参与、赞助，我们就没有这般新颖别致的新世纪"围炉"了，不是吗？

看日出

宋朝词人蒋捷说："少年听雨歌楼上，红烛昏罗帐。壮年听雨客舟中，江阔云低，断雁叫西风。而今听雨僧庐下，鬓已星星也。悲欢离合总无情，一任阶前点滴到天明。"

随着季节的转换，日出的景象，各有其不同风貌；与时推移，看日出的心情，一如蒋捷听雨，也有其不同感受。

当大部分的人，还蜷伏在夜神的掌控中，贪婪的睡神，正恣意地释放出骇人的能量，囚住每一位夜寐者的知觉时，除了偶尔传来几声疾驰而过的车声外，只有三三两两睡不着觉，早早钻出被窝的小鸟，蹑手蹑脚地溜出门外，清清嗓子，准备加入早觉会奶奶、妈妈们的行列，为她们弹奏一曲"晨之颂"。

静定中，远方天空赌城顶端的号志灯，码头边白花花的水银灯，伴着店家灯火与寂寥的街灯一闪一烁，终夜明灭外，只见 Pupuke lake 湖水波光粼粼和如镜海水亮闪闪地反光。正思索间，以 Rangitoto 山头为据点，一线拉开，宛如小朋友剪纸用的渐层纸一般，苍穹下呈现出深蓝、粉蓝、蓝紫、粉橙、橙色等层层叠叠不同的色泽，搭配若隐若现、寥落的星辰、晨风中摇曳的模糊树影及沉睡的屋宇，描摹出美丽的剪影。

突然，一只通体泛红、火球似的小精灵，伸伸舌头、轻轻悄悄地从鲜艳的橘色山后迸了出来，对着匿身一隅的皓月招手，示意它赶快退位，不要干扰了例行的"登基大典"。

正纠缠不清之际，像偷喝了酒面颊绯红的少女，像新嫁娘粉脸上抹了胭脂，像营火的熊熊烈焰，更像大型电筒火光四射，整个山头周围，霎时染上了耀眼的红。初时的光环，还算柔和，但不一会儿，逼视的光线，像晚礼服的金丝，像烟花，也像炸弹爆裂，令人目眩神摇。更叫人傻眼的是，刹那间，串通好的蓝色精灵，簇拥着太阳公公，当仁不让地霸占了天际，灰蒙蒙棉花似的云朵，满心不愿意的，被一一驱逐出境，大地抖地亮了起来。

蔚蓝的天空，一尘不染。还不甚喧嚣的花园角落，草先生率先牵着三妻四妾，花容美眷，精神抖擞地展开笑靥，效法妈妈们在晨曦里翩翩起舞。不多久，娉婷的轿车一部挨一部，加入了夜间工作、稀疏的车流。一时间，人声鼎沸，赶趟儿似的上学公交车栉比鳞次。Forrest Hill 路上，又显现了每个上班时间川流不息、险象环生的堵车场面了。

生平第一次看日出，还是数十年前参加救国团主办的"阿里山观日出"活动时在阿里山上。记得当时年纪小，说到外出郊游，一夜不睡也不困，何况是将亲炙日头的温纯，岂有不废寝忘食之理。早几天，就已打点好上山看日出必备的墨镜、围巾、大衣、雨衣等御寒、防雨道具，准备"与日有约"去也。

当时大伙儿住宿的旅馆，距离观日峰还有一段路，为了节省时间，也为避免消耗过多的体力，我们搭乘小火车上山。迂回盘旋的山路，不时有伸手不见五指、漆黑的长山洞。好不容易停歇了夹带几分惊惧、几分兴奋的尖叫声，出得洞外，但转过来转过去，仿佛看到的都是同一人手笔、色调图案一致的彩绘。正好生奇怪，欲往打探清楚时，领队学长适时出面说明，才叫这群"丈二尼姑"恍然大悟。原来是山头陡峭，穿凿开发不易，小火车轨道只好环绕山势，一层一层建造出来。难怪东张西望，所见都是似曾相识、大同小异的高山胜景。

高处不胜寒，锋顶既冷且黑，小妮子个个胆小，缩头歪脑，争先占个好位子，迎接这一天的第一线曙光。但又担心摸黑中未知的变量出现，一会儿挤上，一会儿钻下，又爱又怕受伤害，差点儿错失迎接旭日东升的时刻。

据说清朝学者姚鼐看日出，尚且登上泰山的"日观峰"，无怪乎小时候在家乡看日出，也得循例爬上阿里山。

现在看日出，既不需全副武装，备齐所有道具，星夜摸黑、千里迢迢地赶赴观日峰，也不必担心天公不作美，乘兴而去，败兴而回，白走一遭，却无眼福。只要有兴趣，一身轻便，坐在自家客厅，打开落地窗，火球燃烧般的日出镜头，就可饱览无遗，与当年看日出忙乎的情景，真是大异其趣，不可同日而语。

夏日情怀

几天前，还时而低头啜泣，时而放声号啕大哭、泪流满襟的苍穹，不知怎的，这两天不仅破涕为笑，还请来了太阳公公，鼓着红彤彤的大圆脸，在亮晃晃的白昼里，大刺刺地来个热情的拥抱。刹那间，真叫人有点儿受宠若惊、消受不了，不知该躲往何处。

入夏以来，这些天出奇的热，又闷又干的空气中，嗅不出一丝风的气息。几年了，这是第一次有流汗的感觉。白天，若不把门户洞开，似乎很难在屋里待下去。

傍晚时分，为了驱走些许暑气，用过晚餐后，迎着晚风，两老沿着梅西大学 (Massey University) 森林小径，信步晃荡，顺道拜访一下休息了两三个月的美丽校园。

不知不觉，已通过高速公路，踏进了房舍整齐，停车空间宽阔，掩映在一片苍翠山丘间新近落成的亚柏尼购物中心 (Albany Shopping Centre)。"Pak'N Save"偌大的广告招牌，立时吸引了二老的脚步，赶紧进去一窥风貌。

才走进大型超市，直挺挺站在柜台上白色精巧的电扇身影，攫住了两人诧异的目光。

"对！买部电扇回去。"一路默不作声，认真呼吸着清凉空气的老伴，见到稀世珍宝般地叫了出来。

提到电扇，说稀奇还真稀奇。回想当年，刚从湿热的故居搬迁来到凉爽宜人的奥克兰时，不但丝毫没有燠热的感觉，还经常羊毛内衣随身。至于电扇、冷气就甭提了，似乎不曾听过。就算有时气温高一点，只要窗门打开，阵阵凉风习习吹来，比电扇还管用。因此，几年下来，脑海里好像压根儿没有"电扇""冷气"这回事，当然就更不用提购买它了。

事隔不多时，这个造型可爱的小精灵，竟然被二老如获至宝似的紧握在手上，甚至恨不得立刻飞抵家门，让所有家人一同分享"清风徐来"的乐趣。这种意想不到的变化，确实有点儿让人不可思议。

提着算不上沉甸甸，但又有些分量的小电扇，准备抄小路回家时，无意间走入了兰玲小区 (Landing)。当下一个念头闪过：何不趁便往好友丽芬家，秀秀这个此地罕见的新玩意儿？打定主意后，二老便兴奋地带着电扇，跨进王家前院，展示收获去了。

"Are you cold？""Be careful！"一句又一句关怀的声音从后院传出来。

究竟发生什么事？好奇兼紧张，加速了一探原委的脚步，赶快趋前了解一下。

　　"嘎！什么时候弄了这么个游泳池？"

　　"都下午七点了，还泡在冷水里，冷不冷哟！"

　　怪不得未进门，就频频传来慈母爱心的征询，原来是几个华、洋孩子正映着微弱夕照，窝在新买的活动式泳池内，学着"浪里白条"，大玩打水仗的游戏。

　　"是啊！隔壁的Jean和John爱上了这迷人的小游泳池，天天呼朋引伴带着大大小小毛巾来报到，我们家小薇禁不起'冲凉'的诱惑，非得下水不可。"丽芬怕小孩着凉，心疼地说。

　　"瞧！Jean的牙齿打战，直打哆嗦了，快起来披上衣服。"大伙儿望着嘴唇由红泛紫，全身颤抖的"洋"娃娃，催促她快回家换衣服，以免感冒。

　　"嘿！Jenny也不行了。"

　　"快出来换衣服，明天中午再游吧！"

　　四个大人七手八脚地把泡在水里落汤鸡般全身湿漉漉的几个孩子抢救出泳池，包上大毛巾，一个个送回家后，小王如释重负地吁了一口气说：希望孩子们没事。

　　谁知，那天戏水惊魂后，身强体健的kiwi孩子安然无恙，隔天依然活蹦乱跳地上学去。但咱们龙的传人，竟敌不过晚来风急，染上风寒，卧床休养了。看来，不仅东西方国情有别，就连夏日祛暑的方式，也是不可同日而语啊！

班级派对

小时候在家乡念书，虽不至于"晨兴搭车去，带月荷书归"，但也相差不远了。每天不是抢着跟太阳比早起，就是眯着眼疲惫地跟月亮道晚安。特别是在面临人生大考之际，别说派对 (party)、玩乐是奢侈，就是松弛一下身心，贪睡一会儿，都怕耽搁了时间。谁知来到新西兰后，竟是天壤之别，令人大开眼界。一大把年纪了，还可以时髦学少年，背着书包上学不说，学期即将告一段落时，大学里的学生会 (student association) 还提供班级派对 (class party) 活动，套句孩子常说的："有够新鲜"。

当第十二周——研究所上课最后一周，每个人正为上台发表自己一学期来的研究成果，制作投影片、写报告，眉头深锁，忙得不亦乐乎，连休息的几分钟，都叽叽喳喳讨论不休之际，"Hi！"一声疾吼，七对惊惶的眼神，迅速投向眉开眼笑的班头："怎么了？"

"学生会提供我们班级派对的各项食物、水果、饮料，各位认为什么时候举办比较恰当，请表决！"班头打破忧心忡忡的氛围说。

"派对？是不是开舞会？在哪里？"阿宝好奇地率先提问。

"别误会，不是舞会也不是大吃大喝的聚餐。"

"地点自选，只要每人交一块钱，就有丰盛早餐、午餐或点心 (fingerfood/snackfood)。"

"如果每人付二十五元，外加一个班级五十元的押金，还可以租借烤肉用具，到外面校园里烤肉。饮料嘛，有橘子汁、咖啡、矿泉水等各种不同的饮料，另外随饮料附送饮用茶杯。"班长连珠炮似的一口气答复了在场同学心中的疑惑。

"是西餐还是中餐？"西方学生真自由，有得吃，还得寸进尺、挑三拣四地要求。

"都有，只要是明列在学生会发出的通知单上的食物，我们都可以预定 (order)。"

"比方说：早餐有两种选择，一是：麦片、吐司、水果；一是：有馅儿新月形面包 (croissant)、甜或咸的松饼 (muffins)。午餐有三种选择，第一种是各式甜或咸的卷形带馅儿面包、加调味料的可口中国食物。第二种是小型带馅儿牛角面包、鸡腿、新鲜的切片水果。第三种是夹有鸡肉、牛肉、蔬菜、花生酱、切片巧克力等的大号三明治、红萝卜蛋糕。其他还有意大利香肠、腌渍小黄瓜、三明治及各式中西点心，样式繁多，说不完，请各位发表意见，想吃什么？"班长把知道的情形，详述一番。

"老师，我们可不可以边享用学生会的美食，边进行报告，舒缓一些紧张情绪？"有同学试探地问老师。

阿宝心里想：不可能吧！上课时间，如何大啖美食？

不料，这位亲和的语言学教师竟然点头如捣蒜地一口答应："嗯！这间教室不禁止吃东西，就在这里吧！"

生平第一次碰到这样有趣的画面：课堂里，长方桌的中央摆满了学生会准备的食物——派，夹着火腿、蛋、色拉、芝士、番茄、酸黄瓜的大号三明治、饮料、各式酱料，与参差不齐地散落在每个人桌面上的报告资料、上课讲义、投影片、奇异笔互别苗头，交错成一幅前所未见、兴味盎然的特殊景观。

孩子们体谅阿宝这位年长"老同学"，动作迟缓又没胆量，同意她最后一个上台报告。因此，在轮到阿宝发表时，已是近午时分，也正是五脏六腑补充营养进食的时刻。趁着更换投影片的当儿，她眼角瞄了一下台下的动静、同学们的表情，一个个报告完后大快朵颐、陶醉食物的老饕模样，让阿宝澎湃的心湖一下子静定了下来，去除了不少紧张的感觉。当然，舌头打结的机会也相对地降到最低。

阿宝心里想，如果有人问我"班级派对"的心得是什么，我一定会毫不犹疑地告诉他，那是我的"身心减压剂"。

放暑假

　　地处南半球的新西兰，此刻（十二月）正值燠热酷暑，放暑假的时候。

　　想当年在原居地，放暑假，几乎是中学师生的梦魇。在摄氏三十度，地上柏油都会出汗的时节，为避免龙门点额名落孙山，莘莘学子牺牲假期，焚膏继晷、夜以继日地挥汗复习功课。即使是老师，也不惜放弃休假，返回学校，陪着学生"行远自迩"地往前冲刺。犹记当时耳熟能详的一句话是"爱拼才会赢"。凡此种种，无非是为名列金榜，为跻身高学历、高职位而铺路，所以——放暑假，唉，奢侈啊！

　　不料来到新西兰后，旋乾转坤，局势为之一变。两个月漫漫长假，孩子们不但丝毫没有功课压力，也没有任何家庭作业。中学以上学生（十六岁），甚至还可以放下书本，立刻打工。只要孩子愿意，送报、汽车美容、超级市场收银员、DJ、公司打杂、整理花园、麦当劳、餐厅跑堂、各种义工……太多太多的工作机会，等着你去发挥。

更耐人寻味的是，多数人都认为打工神圣，孩子自己赚取零用为光荣，还可借此机会增加经验（据说学校毕业后在社会上谋职，这些经历还是录用与否的重要参考呢！）。难怪学校期末考未完全结束，很多学生已相继挤向就业辅导处登记，或找报纸分类广告、超级市场布告栏，寻求适合的工作，打工去也。

也许会有人以为新西兰青少年学生拜金，只晓得赚钱，不懂得利用时间温习功课，或者认为他们不懂娱乐。事实上并非如此，他们经常抽出空当，给自己"度度假"，松弛身心。比方说，结伴出外露营、打球、钓鱼、访友……经验告诉我们，走出市区后，Motor Camp 的招牌，触目可及。不论山巅，不论水湄，一大片房车帐篷，栉比鳞次，还真令我们这些初入新西兰的新鲜人大开眼界，叹为观止！各阶层人士的运动风气鼎盛，也是此地一大特色。高尔夫球、橄榄球、板球、赛马、滑雪、游艇、划独木舟训练，活动场地多，收费合理，全年皆可让人乐此不疲，回味无穷。

正当 kiwi 青少年为打工不亦忙乎，为度假不亦乐乎之际，反观很多亚裔孩子，也不甘示弱，如火如荼地展开一系列英语、计算机、数学练习，与新西兰孩子分庭抗礼，显现出不同模式的"消遣"。至于户外活动，顶多是由家长带领着驾车外出几天，于愿足矣！较之本地青少年喜爱同侪间相偕同行，确是不可同日而语。

　　不同的族群，不同的文化背景，衍生出不同的假期生活方式，我们是该入乡随俗，任由孩子与本地孩子们同步，自由发展，还是保留"固有文化"——认真、苦干？

安家立业

"到了那边，安顿好以后，记得来信啊！"

"打点好一切，别忘了来电话联络！"临上飞机前，耳边萦绕着欢送亲友们不断的祝福与叮咛。

"没问题，待我安家、立业，处理妥当后，立刻请各位来评分！"我信心满满，不假思索地开心回答。

"安家、立业"说起来容易，做起来可难噢！

虽说"成家"是件人生大事，其繁文缛节、芝麻琐碎事，不胜枚举，足以叫当事者及周遭亲友人仰马翻，忙上好一阵子。然而以现今时代来说，只要双方心心相印，而家长也首肯，其他的委请专业婚礼顾问公司帮忙，一切就搞定了，倒也问题不大，容易打发。

"安家"，可就不那么轻松了！

初来乍到，对于买房子丝毫没概念，因此，每天翻看本地房屋中介公司厚厚一本的卖房简介外，就是跟着一家又一家不同的中介员瞎跑了。

在所谓人间仙境、世外桃源的新国度，一幢幢精致的花园洋房，各具特色。特别是矗立于小楼屋顶、方方圆圆的烟囱，让出身乡间的家人，有着格外的亲切感。心想：薄暮时分的袅袅炊烟，会是家乡烧饭、烧水的信息吗？灶口有多大？又想：泡壶茶，躺在"懒骨头"上，看着熊熊柴火毕毕剥剥地响着，怡情外，还可以增进文思，太美了！一时间，我们特别钟情于有漂亮"壁炉"的房子。

"谁去买柴？谁负责烧火、清理炉子？"女儿生怕处理灰屑，赶紧问。"听说有时小鸟迷路，会误闯烟囱掉进壁炉，那可就烤小鸟啰！"老公戏谑地说。"有玻璃屋，闲来无事可以喝茶、看云、赏落日，也不错呀！"老爸提议。"有游泳池、spa，就可以健身长寿了！"小女打趣地说。……

每个人为了"安家"，贡献出各式各样的好主意。

遗憾的是，终究是外行人，短时间里无法真正了解新西兰规矩。加上每个人意见分歧，各有自己想法。举棋不定的结果，只好铺盖卷一边，暂以租屋了事。看来，"安家"真的是比"成家"难，也累坏了出钱出力的一家之主，天天为此事伤透脑筋……

民以食为天，开门七件事，均少不了要孔方兄帮忙打理，所以寻找财源，成为当务之急。几经磋商，孩子们上学后，由老爸看家，夫妻俩四处寻职去也。在粗浅英语、不谙社会风俗、举目无亲、一切支持或缺的状况下，这批"老外"初尝了"海底捞针"的苦况。

正当我们踏破铁鞋，翻遍报头报屁股，希望快点找到适合的工作时，突然得到一则消息：某乡亲在寄出一百多封求职应征信后，回应的竟是：你没本地经验；你没本地学历；你不是本地训练的人才；你的条件太高，我们雇不起……有的是业主婉拒说：抱歉，缺额已补。更多的是，肉包子打狗，有去无回。尝尽各式稀奇古怪的闭门羹滋味。

这样的利空消息，对于已抱定做新西兰新鲜人的新移民来说，无疑是一记闷棍，打得人头昏眼花，也把信心、美好憧憬、希望，全数打入万丈深渊。接二连三的谋职不易、专业不被认同、卖房子举家回流的信息，不断传进耳膜。更有所谓"空中飞人"、"牛郎织女"寻不到"立业"交集点，又不耐两地相思、徒增华发的岁月，只好见"苦"思迁了。

许多带着孩子来读书的父母，心想：不如归去，回流打拼算了。但又不忍舍下十七八岁学业未成的青少年滞留他乡，孤军奋斗，的确使他们进退维谷。这步棋该如何下？这样的习题，何时可以破解？是抉择？是梦魇？

不知是谁说的，外国的月亮圆。曾几何时，孩提时代，少不更事，幻象式的移民生涯，竟被美丽花园掩盖，被残酷的失业、唏嘘回流，敲击得支离破碎，终至梦断白云故乡！

另类医院

　　"老婆，赶快去洗澡、洗头噢！"距离医生约定两点半到达医院的时间还有两个钟头，可是老公好像往常出游似的，忙着打点手提袋，吆喝着全身大扫除。

　　踏进北岸这家私立医院，首先映入眼帘的是宽敞明亮的住院登记处。十一月暮春时节，南半球和煦的阳光透过一方方晶莹剔透的玻璃窗、天窗，洒在医院的每一个角落，白花花、暖酥酥的，真让人误以为走进了五星级饭店的大厅(lobby)。

　　大厅一角摆设着构图美丽的回转沙发，柔软舒适。坐定后，赫然发现错落有致的棕榈、椰影在涓涓流水及潺潺水声的搭配下，又仿佛走进了公园一般。

　　在午后宁静空气里嗅不出一丝丝药水味的护理站，一盆盆美丽盆栽、插花，笑脸迎人地屹立在柜台外围，好像对着过往病患 Say Hello；墙上挂的大大小小油画、水彩画，简直让人直觉走进艺廊似的；再往里走，套房式的个人病房里，除了氧气、点滴等医疗器材及装置有各种拉的、按的紧急护士呼叫器的新颖卫浴设备外，冰箱、梳妆台、衣橱一应俱全。不但与家乡的医院感觉不同，就是与奥克兰地区的其他公立医院也不尽相同，令人叹为观止！想当年在家乡，进住此等"豪华病房"，纵然不是总统级身份，也要部长以上权贵才能有此优待，我等贩夫走卒、平民百姓，岂敢妄想？

说起这家医院，与一般综合型医院相比确是有些另类。除了偌大、整洁的空间，完善、先进的医疗设施，和蔼可亲的护理人员，提供各项生产、内外科手术服务外，医生清一色是院外的专科医生。换言之，该院没有自己的驻院看诊医师，也就是只有住院病人，没有一般医院的门诊服务。

正因为是专科医生租用了这些场所、设备，为病人施行医疗工作，因此，包括医师、麻醉师、手术、病房等所有费用，均由病人自付，与进入公立医院医治，费用由政府负担不同（但必须排队等候病床）。幸好医疗保险可以完全负责（若有医疗保险，可视类别全额或部分给付），否则可观的住院费用，真叫人感慨：生病的权利都没有。

某天，隔壁房"同病相怜"的病友（同一天同一医生开刀）邀约散步。无意间，被初生婴儿哇哇啼哭的声音诱入产科病房。既来之，则安之，索性跟着护理人员身后，进入"参观"。

　　与国内新生儿出生后就得独立门户，住进婴儿房的情形相比，这里的小 baby 显然有福多了。呱呱坠地的小婴儿，在助产士处理干净后，立刻进入妈妈身旁的温暖小床上，与母亲同房共处，培养亲情。不但医院省却了婴儿房的设备，方便了伺候婴儿的护理人员，也节省不少人事开销。

　　更劲爆的是，不论任何病患或生产的产妇，一旦通气了，就开始喝冰水，大啖蔬菜沙拉、水果沙拉、冰淇淋（ice cream），甚至为了清洁卫生，护士会准备好各种大大小小浴巾，要求患者、产妇洗澡、洗头。这与华人生产坐月子，一个月不吃生冷食物、不洗头、不吹风，洗手都最好是温水，生病开刀后需要进补、保养的习俗，确是大异其趣，真个是另类医院。

Kiwi医护

　　小时候念书提到"白衣天使"，直觉地会想到护士的鼻祖南丁格尔，或者索性就是护士的代称；"绿衣天使"就是邮差先生，丝毫不会有错。那是因为故乡各级医院的护士小姐都是穿上雪白的衣裳，而送信先生一律是绿色制服。

　　但这个定则用到新西兰来，似乎不很管用。除了送信的先生、女士穿红色衣服外，医院里护士的穿着也各有不同。就以我去做手术、疗养的这家私立医院来说，起码有三种不同装扮的护理人员出现过，显然都与"白衣天使"关系不大。比方说，曾经在夜里睡不着觉时，令我期盼出现的护士小姐，她穿的是深蓝色小白点衣裙，与白天的值班护士同样穿着；当例行护士请假，医院紧急从别的医疗单位请来的那位护士，她穿的就是白色 T 恤；而与病人在手术房里同甘共苦、生死搏斗的天使，则是一身的绿意盎然；印象中好像没有全身穿白色衣裙的护士。

事实上，即使是公立医院也都是财团法人的性质，因此，各有其不同规定，不同的服饰。根据了解，公立奥克兰医院 (Auckland hospital)、北岸医院 (North Shore hospital)、格陵兰医院 (Greeland hospital)、奥克兰儿童医院 (Starship hospital) 等医院有白衣天使，穿着与家乡护士一样全身雪白。但也有白上衣搭配白色或绿色短（长）裤的，有浅蓝色衣裙的。总之，此地医院护士为工作方便，穿着都很轻便、简单，颜色也不刻意坚持白色，非常有弹性。

至于手术室里的护理人员服饰，根据观察也有些许不同。比方说，可以为病人做开肠破肚大手术、病人需住院疗养的大型医院，如 Southern Cross 医院，护理人员是穿着草绿色衣裤、戴同色系帽子；照胃镜、直肠镜、大肠镜、妇科内视镜等小手术，除了综合医院外在小型手术医院也可以做，病人在恢复室等麻醉清醒后，就可由家人带回，不需住院疗养，如 Shore Surgery 医院，这里的护理人员则是深蓝色镶白边的衣裤；在小区免费验血、验尿的医疗单位，如 Diagnostic Medlab，公共卫生护士穿着镶花边白上衣、黑色长裤，又是另一副素雅装扮。

医生嘛，除了手术房的医生身着绿色、深蓝色衣衫外，一般看诊医生好像也不刻意穿着白色衣服，非常随意、方便。

尽管此地医护人员的服饰各有不同，但有一点是相通的，那就是他们的服务态度与人权概念，医院总是站在病人立场，减轻病人生病期间的不适，方便家属。比方说最简单的三餐、早（午）茶的安排与准备：负责每日餐点的护士，往往在前一天早上就来到病房，就着每位病人可以食用的餐点表，请问病人隔天的中西式冷热餐饮或水果，供应病人较能接受的病中饮食，而不是一味地、食不知味地整体作业。心理上的舒适，除却些许生理上病痛的无奈，倒不失为另一治疗良方。

值得一提的是各种内试镜、检体切片的处理方式，如胃镜、肠镜、妇科内试镜等，虽不是什么大手术，但医护人员在做这些检验之前，还是先询问病人是采取全身麻醉或半身麻醉来减少检查时的不适与畏惧感，而麻醉医师除了事前个别沟通外，更配合手术、检验医师全程参与作业，使病人在完全放心的状态下顺利完成各项医疗或检查工作。甚至癌症病人的化疗，都是将其可能的效用与后遗症，事前与病人及家属作一说明，然后由病人决定是否进行该项医疗。

有人说，新西兰是儿童与老人的天堂，一点也不为过。姑且不论老人福利、养老措施，光是婴幼儿出生后，护理人员定期到府服务、指导，到六岁前的健康照护，就值得借鉴了。

Kiwi 医护虽负责、周全，但因新西兰医疗体系限制，医护人员补充不足，病患住院治疗，若没有私人保险，则需排队等候。有人不耐久等，先行诀别，未尝不是一大遗憾！

人约黄昏后

　　静谧的夜空，寂寥的星辰，昏然欲睡的大地，令人仿佛走入"无人城"。为了排遣这样漫漫长夜，来自繁华热闹城市的华人，于是各出奇招，家庭卡拉OK，家庭电影院纷纷出笼……

　　当时序迈入祝福的季节，太阳公公便一改冬日羞怯的个性，霸气地独占着山头。即使倦容满面，依然迟迟不肯挥别这个多彩的舞台。总得月姊儿播放"今宵多珍重"的音乐，吹起九点熄灯号角，不客气地强下逐客令，多情的老人家才恋恋不舍、一步一回头地走进梦乡。

　　每逢这样的时刻，慢跑、散步的人便倏地多了起来。除去平日热爱运动、不畏溽暑、不分晴雨跑个不停的金发洋人外，马路上多了黑头发黄皮肤闲散晃荡的东方人身影。

　　三四年前，在接受了好友的忠告"要活就要动"后，老两口不敢缺席地加入了黄昏漫步的行伍。

当十月初调整日光节约时间之际，正是新西兰的春天，气候和暖，不太冷也不太热。随着逐水草迁徙般地换过几次家后，两口子的足迹也踏遍了 Milford、Albany 和 Forrest Hill 区。除了熟悉新居环境，认识新邻居外，趁便见识一下与原居地公寓大异其趣、各具特色的新西兰花园及各式洋房。

"这位先生、太太……"伴随汽车戛然而止尖锐的刹车声，高分贝的呼喊猛然灌进耳膜。顾不得回头了解何许人氏，老公忙拉着老婆快速地往路边闪躲，好让来车顺利通过。可是跳开好一会儿，"大声公"来车似乎没有"过"的意思。

"走！走！走！看晚场电影去——"定睛一看，原来是疾驰而过的朋友发现老夫妻后，全车人马折返邀约同往"程氏电影院"观赏家庭电影。

顿时，响彻云霄、开怀的笑声，夹杂着赶场观众凌乱的脚步声，翳入逐渐模糊的夜幕。

家庭电影院

——彩绘华人的夏夜

下午五六点黄昏时分，尽管偏西日头依旧热情不减，光照大地，但商家老板一点也不亏待自己，纷纷闭户歇息。这时，除了区区可数的几盏街灯兀自伫立，等候金乌退位外，只有寥寥可数的餐厅里，疏疏落落的 kiwi 饕客端着酒杯哈拉哈拉、说说聊聊，根本无法与入夜后街道繁嚣，行人更多，霓虹灯更灿烂，又是卡拉 OK，又是畅饮、热舞、逛夜市、吃消夜的亚洲形态相比拟。

即便是人称"红灯街"的奥克兰 K 路，也不过是几栋不起眼的建筑，搭配路边几位清凉辣妹养养眼，如此而已，何来夜生活？

住宅区，更是万籁俱寂。当落霞与孤鹜齐飞时刻，除了掌灯较早人家的窗户透出些微昏黄光线外，周遭是一片宁静。静谧的夜空，寂寥的星辰，昏然欲睡的大地，令人仿佛走入"无人城"。为了排遣这样漫漫长夜，来自繁华热闹城市的华人，于是各出奇招，家庭卡拉OK、家庭电影院纷纷出笼。

拜高科技之赐，只要一片新台币七八十元的DVD影碟，加上立体声音响，宽大屏幕的电视机，厚重的窗帘，就把电影院搬回家了；而一片伴唱DVD，配上音效处理机、麦克风、大屏幕，就有了家庭卡拉OK。如此这般一下，亚洲式炫丽的家庭电影院，卡拉OK歌厅，不必执照，也不必上级批准，就可视需要择期开幕了。

"独乐乐不如众乐乐"，只要某家有新的影碟、新片上映，一通电话，左邻右舍、亲朋好友便群起响应。不用购买门票，不用排定开演时间，大伙儿快快乐乐地共赴观赏电影。为了符合看电影的乐趣，往往电影院老板还热情地备妥各式茶点、水果招待观众。不但视觉、味觉同得满足，精神更是获得舒坦，确是大快人心。

几年前，在家庭电影院不是很普遍时，经常只能呼朋引伴相约同往某家观赏。当时，设备虽然不很职业化，不敌色彩斑斓、光彩夺目的真正电影院。但比起十多年前"日入而息"，太阳下山差不多就准备就寝、早睡早起的kiwi生涯，华人的夏夜已不再是那么苍白失色了。

以菜会友

古语说：以文会友，以友辅仁。移居新西兰后，很多人"既往不咎"地改写了生活形态，越来越接近大自然，也更加返璞归真，终至以菜会友。经常，街坊邻居探访、联谊时，就以自家栽植的"生鲜菜蔬"作为见面礼。

话说我们老两口，自从响应"饭后百步走，活到九十九"以后，不但见识的奇花异卉更多，认识的"同志"也相对多了起来。

每逢路过 Forrest hill 路，蹲踞路旁七旬老妇佝偻的身影，便会不期然地出现视野。在好奇心的驱使下，终于两口子甘冒不韪地趋前探看。

老太太来自马来西亚，在此跟着每天上班的女儿、女婿住，帮忙他们照顾一对稚龄幼儿以外，就是闲暇时种种各式菜蔬。当我们向她讨教个中三昧时，老太太不仅将种菜诀窍大方传授，还奉送不少菜籽、菜苗，让我们也过过"老圃"

瘾。自此以后，每天的黄昏散步，同时也成了菜经时间，向这位农艺前辈学习不同季节的蔬果种植技巧，向孔老夫子"吾不如老圃"说挑战。

日日与泥土为伍，时时与新鲜空气相左右；脑海里想的是青菜、萝卜，心里盘算的是豌豆、苦瓜与丝瓜；谈笑有果农，往来无菜痴！

这样孜孜矻矻地实习了一段时日，"农夫"之名不胫而走，遐迩尽知。不仅与"菜师"，也与左邻右舍相约黄昏后，切磋务农之道。各方好心"同志"更是互通有无、交换菜种，分享种菜心得。有些甚至亲临寒舍菜园，传授提高生产的常识、灌输收成的秘诀，让误落尘网数十载，久居文学、科技樊笼的我们，复得返自然（菜园），不亦快哉！

夏日黄昏虽长，菜经、农友更是无限。而今而后，我们差不多可以高声疾呼：吾如老圃矣！

新气象

壁上咕咕钟刚敲过两下，一阵熟悉的车轮碾地声，夹杂低沉的信号志——剥剥喇叭声，在耳畔想起。虽说阿鑫服务的研究开发部上下班时间弹性，不受打卡限制，但似乎也不至于这么早打烊吧！正思索着最恰当的答案时，门铃响了。堆着盈盈笑脸的外子，提着公文包伫立门口了。

"怎么？被炒鱿鱼了？"凌慧狐疑地打趣说。

"你说呢！"外子故作神秘地一屁股坐下沙发。

"告诉你，上周公司营业额出奇的好，同时出货顺利，大发利市。老板开心之余，中午亲自下厨，做汉堡、烤香肠，让所有员工大快朵颐，犒赏一下五脏庙。又为了慰劳一周来的辛勤，特别让大伙儿提早欢度周末。"阿鑫叽里咕噜，一口气地揭开了洋人公司的特别福利。

话说四年多以前，当阿鑫一家子在白云故乡经过一段时间的休养生息，将原居地担任大专讲师及计算机顾问的辛劳逐渐卸却，身心体力益形健硕充沛后，开始尝试投身此地的工作行列。很幸运的，初试啼声，即蒙青睐，以唯一华裔人士的身份，进入这家专事生产船上鱼群探测器、卫星定位仪器的电子公司研发部。虽说九三、九四年间，新西兰拥入了不少年轻有为、高学历、高技术的青年才俊，但公司上上下下，依然充斥着金发碧眼的西方白人或黑发毛利人，口操华语的炎黄子孙寥寥可数。因此，工作上、闲聊时，彼此仍需以英语沟通。曾经有位家乡来的朋友，兴致盎然地表示：在此地工作，比在原居地轻松愉快，每周二百五（基层人员扣税后的实拿薪饷），还可免费学英语，何乐而不为？

据说在生产线工作，与原居地一样，上下班有打卡制度。稍微不同的是早上、下午各有一次茶点时间，让员工缓和一下疲倦的双眼、双手。比较有趣的是下班铃声才响，尽管工作没有做完，贡献了一天的各式工具，仍旧留不住归心似箭的工作伙伴，被七零八落地弃置在工作台上，静静地歇息着。而停车场内滞留一天的汽车，更是早已伴随主人绝尘而去。由于西方社会谨守工作时间及下班不做公事的观念，使得公司工作进度虽不致落后太多，但也无法突破。因此，几年里，一直是业绩持平，没有惊人赢利。

就在一次订单突增，必须广征人才之际，这家公司加入了一批为数不少的龙之传人，并在短短时间内随着华人勤奋的士气，业绩拉抬了起来。从此，不但令洋人老板"鸟心大悦"（新西兰人自认是 kiwi 鸟），对华裔更是刮目相看。再次招募员工时，几乎百分之九十以上的新进人员都是华人。此时此刻，该是老板免费学习华语啰！

自从，大批华人入主生产行列后，谨守工作岗位，努力、勤奋外，也改写了以前新西兰本地人不加班，动辄谈判调薪、调福利的特有风情。而中华儿女认真的作为，更是令 kiwi 老板印象深刻，传为美谈。

虽然，新西兰居大不易，就业更难，但凭着华人的一流技术、敬业乐群、实干的精神，在未来就业市场上，必是光明灿烂，大有一番新气象。

搬家

　　蛰伏了大半个冬天的玫瑰，不知何时起，竟然羞答答地换上嫣红粉黄的舞衣，眯着一副深情款款的眼眸，站上舞台，迎着春风摇曳生姿，准备为今年第一出的舞剧暖身了。

　　那年，刚打点完搬家事宜，为了增添枯寂小园热闹的气氛，多一些生活情趣，老伴千里迢迢地从西区 (West Harbour) 玫瑰中心迎来这批贵宾。但为了不怠慢这些娇客，大字没认得几个的两口子闯进了洋人书店，专家似的一口气选购了好多本附有插图说明的"花书"。在潜心研究了几天，又请教了左邻右舍后，立刻按图施工，依着书上图片说明，把这些娇滴滴的新朋友，妥妥帖帖地安顿在舒适雅致的 Compost 温床上。接下来，当然就是每天的晨昏定省了。除了早早晚晚拨出若干时间陪她们"喝水"外，有时还得给她们"吃点营养"（施肥）、小心翼翼地嘘寒问暖一番，真可以大言不惭地说，呵护得无微不至。

"又拈花惹草了？"隔壁晴文没事总要趴在篱笆上逗逗乐。

"是啊！你家玫瑰长得好吧？"打从玫瑰园建起来以后，两家的"花痴"经常交换"花经"多过"儿女经"。

"玩新家去了，这里暂停。"前两周才听晴文卖了房子，这么快就要搬了。

"恭喜你搬新家，以后信件、报纸要不要我帮你处理？"我热心地说。

"谢谢！一切都跟邮局、电信局谈好了，有空来玩就是了。"

根据晴文的说法，这里的税制虽然偏高，但很多服务倒是做得不错。就拿这次她搬家来说，邮局有一种叫"Redirection of Mail"的服务，只要乔迁者到住家附近邮局拿一张申请表，填好转寄的新地址送回去，约三个工作日后即可生效。此后连续三个月，邮局会免费代转所有平信到新地址，除掉每天新旧家奔波拿信的麻烦。三个月期满后，如果希望邮局继续代转信件，这时就必须"使用者付费"，邮局要酌收服务费了。至于包裹、快递 (courier post) 或私人信箱 (private boxor privatc bag) 的邮件，则恕难代转，得自行料理了。

除此而外，若想与本地朋友分享乔迁的喜悦，邮局还有一种"邮资已付"的美丽明信片，免费提供寄给周遭的亲朋好友，让大家告诉大家，方便极了。

至于电话公司，服务一样周到。当新居的电话开通以后，电信局可以三个月免费录音，告诉用户的旧语新知，阁下已乔迁，新的电话号码是……省却一一告知或联络不周的麻烦。不过一向将电话号码保密、不欲他人知道的客户，电信局为信守保密的承诺，也就碍难代为敬告诸亲朋好友，得劳烦使用者，自行择人奉告了。

不过，这也不必伤脑筋，另有一个补救办法，那就是每个月花新币 22.5 元，请电信局将旧电话与新电话"搭上线"，直接转到新家去，这样一来，应该就万无一失了。也许花钱是大爷吧，这项服务是配合需要办理，停止付费就停止服务，丝毫不受三个月时间的限制。

搬家是大事，有些朋友除早早选定良辰吉日外，更配合适时找到好的搬家公司。否则，除了付出高额搬家费、东西打包被虚应一番、钢琴受到断腿断臂的凌辱外，还得伺候搬家人员的早餐、午餐。更叫人难以置信的是，别人搬家两三个钟头就一切就绪的事，不肖搬家公司可能会耽搁更多的时间(此地搬家是依时间长短付费)，待酒足饭饱后，才能将所有家具定位，搞定搬家事宜。

当然碰上这种歹运的朋友毕竟不多，但对选定了好山好水、美丽的新家园准备进驻的朋友，不妨也了解一下与家乡略异其趣的各项服务措施。

种菜

"我回来了！我的菜是不是长高了些？"

车未停妥，引擎声仍然响彻云霄，阿鑫那美妙的"歌喉"已经魔音穿脑地四处流窜。更离谱的是还来不及换衣服脱鞋子，人已钻进新辟的三四畦菜园里了。

"爸！你不是海防部队、渔夫①吗？现在改做农夫种菜了？"小女儿打趣地说。

以前住在台北时，房价高，寸土寸金，能有片瓦遮身，已属不易。小康家庭想在水泥丛林里找一块绿地，种种花草，根本是天方夜谭。充其量，在自家阳台摆上几盆植物，赏玩一下，于愿足矣！

———————————

①海防部队、渔夫：新移民朋友彼此的戏称。——他们闲来无事，相偕海边垂钓，怡情悦性兼打发无业的岁月。

如今，正如陶渊明所说：久在樊笼里，复得返自然。偌大的庭院，可以拥有季节性姹紫嫣红各种千奇百怪的植物；也可以自己规划称心如意的花园，或随心所欲地开发节令菜园。所有的千变万化，端赖主人的巧思与技术，当然不能错失良机啰！"一日看三回，看得菜时过……"

"爸！你今天已经看三次了：吃早餐时，探头探脑地看过一次；上班前又关爱地瞄了几眼；现在是第三回合了，还……"女儿毫不放过地调侃她老爸。

"能不多看几回吗？万一草侵犯了菜，怎么办呀！"老婆也乘兴糗糗阿鑫。

"老婆，Forrest Hill Gardencentre 也有很多亚洲菜籽哎！"自从几个月前，阿鑫享受了拈花惹草——修修花、剪剪草的乐趣后，忽然迷上了种菜。于是除了四处向种菜的"汤师父"、"刘师父"等人讨教外，下班时还不忘逛逛园艺中心，买回各式菜籽、菜苗，准备大显身手一番。

果然半个月不到，在他辛勤浇水、施肥之下，肥沃的菜园上，布满了青葱翠绿的小植物。一时间，竟分不出是菜还是杂草。要拔除它，怕暴殄天物，不拔又……唉！只好任其生长，成形后，答案自可分晓了。某天晚餐时，侄女吃了一口清江菜后，赞叹地说："哇！这菜好鲜、好嫩啊！"

"是啊！今天葱炒蛋好像也比以前好吃！"几个孩子七嘴八舌地附和着。

阿鑫很得意他生平第一遭的旷世杰作，神气地说："不错吧！树头鲜。自家栽的菜，既没农药，也没有被污染的疑虑，当然好吃啰！"

　　"一分耕耘，一分收获，以后你们要抓住季节，多照顾这些可爱的菜啊！否则过了时候，掘苗也长不大了。"俨然专家似的，阿鑫继续跟几个小萝卜头大发议论地说。

　　孔子说：吾不如老圃。的确，种菜还真有一套学问。除了掌握季节外，土壤、水分、阳光，无不需要拿捏得宜。好几次，因为邻院大树垂爱，福荫过来，造成阳光不足；加上蜗牛先生、小姐不定时地造访，使得才冒芽的新菜，硬是没有安全感，无法正常成长。阿鑫心疼之余，立刻帮这些娇嫩小白菜、苦瓜、瓠瓜……另觅新家，乔迁适当居所。

　　此刻，这些"知恩图报"的绿色家族，总算株株身强体壮，相貌堂堂；不但枝繁叶茂，还硕果累累。让每天晨昏定省、小心伺候的阿鑫，有了些微成就感，全家更是笑呵呵地咀嚼着香甜美味的"地上鲜"。

　　"阿鑫啊，我这里有几株当季的新菜苗，要不要过来瞧瞧，拿些回去种。"

　　打从外子加入"种菜俱乐部"后，除了朋友间经常菜种、菜苗互通有无外，家里更是充满菜经、菜趣，既怡情悦性、活动筋骨，又兼敦亲睦邻、联络感情。更重要的是随时都有新鲜蔬菜吃，可谓收益良多。

炎炎夏日不好眠

　　壁上猫头鹰（钟）叽哩咕噜，呼唤声不断。早已过了吃早餐时刻，该上班、上学的老老小小居然不见动静，莫非……只好暂时放下手边的活儿，朝着楼梯口，扯开喉咙，扮演"Morning Call"了。

　　"起床喽！"

　　奇怪，除了低沉的回音外，阒然的楼梯依然寂静无声，看样子，还得劳动本大人移驾搬请了。蹑手蹑脚地，我亲自一一查房。当小心翼翼掀开微启的门扉，心里正嘀咕着"怎么睡觉房门不关"时，赫然发现，凉凉的徐风中，这些少爷、小姐们，都还美梦正酣、高卧不起。虽不至门户洞开，却是个个敞着窗，迎着和煦晨风，窗帘也飘曳地挪移着。

　　此刻，该是美丽、明亮的初夏，但打从"圣婴现象"之说甚嚣尘上，传入新西兰后，"酷暑"趁虚进占了山青水绿、气候宜人的世外桃源。全天候的强烈阳光四处流窜，躲在屋里也难逃暑气的熏蒸。即便夜里，一样闷热难当。就算静止不活动，依然汗水淋漓，辗转反侧，无法入眠。有些人就这样睡眠不足，精神不济，甚至百病出笼。妙的是家乡那种潮湿炎热气候下，常见的滤过性病毒症——香港脚——也出现了。因此，即使非夜不闭户，也得推开小窗，驱走满室热气，待下半夜清凉些，方可慢慢入睡。无怪乎天已大亮，老公、孩子们仍然抱着枕头，抿着嘴角，与周公难分难舍。

花园里，原本如茵的绿草，只因消受不起太阳公公的热情拥抱，一片地坼土裂，枯枝败叶，一副童山濯濯的模样，令人讶异。

"哇！植物喝水比人还多！"儿子对着正在浇花草的老爸叫。

"买玫瑰、花木的钱比半年水费贵，能不好好伺候它们？"老爸回应着。

说的也是，干旱时节，为了拯救奄奄一息的花草，为了挽救大自然生态，植物跟人抢水喝，也只能衡量缓急轻重，尽情灌溉了。

迤逦绵长、旖旎的海滩，本已是尽情享受夏日风情的新西兰人的最爱，此时热浪袭人，就更是人头攒动，热闹非凡了。一排排、一行行尽是帅哥、美女，令人目不暇接。

至于载浮载沉的浪里白条，此起彼落，直与水中鱼儿争地盘，不失为夏日另一新景。

池畔风光，更是妙趣横生：环肥燕瘦，黄、白、黑皮肤，拼盘似的构图，几乎人满为患，就连平时并不热衷水上活动、怕水的旱鸭子，也都"扑通"纵身水池，泡水纳凉，凑一脚去了。

摄氏三十二三度的气温，在东南亚地区也许是司空见惯，但对清爽宜人的南国新西兰来说，却是一百三十年来绝无仅有的现象。就这样，一向标榜住宅区不用电扇、冷气的人家，似乎也不得不考虑购置凉风扇了。有些学校，甚至为了不影响师生教、学的效果，已开始在各个教室装设电风扇，并且破例让学生将水壶放进抽屉里，以便随时解决口渴之苦。至于天气燠热，水果大餐取代正常饮食；人手一支棒冰，止渴去暑，又是今夏另一特色！

古语说：春来不是读书天，夏日炎炎正好眠。看来，今年夏天不但不好眠，无风燥热，全身黏糊糊的感觉，还真叫人痛苦不堪呢！

进进出出

又是一年岁末，循例的，在新西兰就读大学的侄儿侄女考完最后一科后，我要将他们送往机场搭机返乡与父母亲团聚。几年来，国际化扩建工程，使得奥克兰机场的风貌一年年不一样。唯一不变的，是每逢年底到来年一、二月，这座近期即将全部完工落成的偌大的奥克兰国际机场，总是吞吐量最大的时刻。

一九八七年新西兰政府打开移民大门后，十多年来，由世界各地进进出出新西兰的移民不计其数。在此期间，有人为了政局、孩子教育……变卖、关闭产业，携家带眷，大举移居白云故乡；有人"他乡亦故乡"，二次迁徙拥进澳洲，寻求生活、事业第二春；更有人"月是故乡明"，再次回流原居地。

移民路千奇百怪，充满挑战，充满新奇。相对于移民历史稍长的欧美国家，新西兰不同背景的新移民，移民路往往也有其不一样的轨道。唯一相同的应是对故乡的眷恋感，特别是所谓的"小留学生"或"航天员"家庭，他们怀抱故人的心情、心系故居的感情，总较一般移民更胜一筹。因此，机票是他们最大的投资，家人团聚是他们每年的例行公事。于是乎，年初就预定好年底的返乡机票，是每一户"空中飞人"的必修功课。否则，搭不上飞机，孩子一整年见不到父母，无法阖家团圆，将是这些人心头最大的痛。

每逢短袄短裤圣诞老公公及白花花艳阳，取代皑皑白雪的圣诞节来临时，虽然有些新移民返回原乡，但也为侨居地请来了好些辛苦奉献一年的候鸟航天员，以此为家，在此团聚；更为新西兰迎来了为数不少的北半球游客，徜徉蓝天白云下，松弛身心。

航空公司看准了进进出出旅游、返乡人潮的荷包，往往趁此良机大捞一票，每年的十二月一日起开始进入旺季，调升机票价钱。新移民如果想撙节开支，减少一些花费，势必得提前上路，赶在十一月份甚或十一月中搭上飞机，才能避免当凯子多花冤枉钱。就这样，当各级学校大伙儿还在孜孜矻矻为期末露营、户外活动忙碌之际，有些孩子早已"收拾书包回家好过年"。

年复一年，某些平时表现优异的亚裔学生，给学校的印象竟是：只晓得念书，不合群，不参与公众活动，甚至被误以为是不遵守学校规定，不能配合学期结束。说来真是冤枉，殊不知中国人"长相思，摧心肝"。

幸好，近年来大学入学考试榜首或各科目鳌头，黑头发的亚裔孩子不在少数，总算为小小瑕疵扳回一城，不致让洋人感觉太不舒服。

岁末

那天，远在几千公里外家乡的好友——梅，通过电子邮件，捎来一纸贺卡，托南半球短裤、短衫的圣诞老公公带来彼端所有亲朋好友的思念与问候。阿宝猛然忆起，又是一年岁末感恩与祝福的季节，于是加足马力，飞快冲向书局购买应时卡片，奉上最诚挚的谢意。

随着圣诞及新年脚步的来临，学校、公司行号陆续贴出假期告示，准备收拾起忙碌的心情，享受休闲去也。当此之际，一向繁忙但还算车流平顺的街道，顿时显得拥挤不堪。有些提早上路、抢攻度假胜地的游客，更让高速公路一反常态，让人仿佛回到台北的感觉。渐行渐缓的车速，造成若干交流道出现了轻微堵车。多如过江之鲫的车阵，有为办年货的，有为出外探亲、互访送礼的，有为……其繁忙现象蔚为年度奇观，丝毫不输给原居地逢年过节时的返乡盛况。

可以媲美家乡过年，具有异曲同工之妙的是，百货公司、超级市场的折扣战。不论吃的、穿的还是小孩儿玩具，五花八门，真是令人目眩神摇。就连家具、建材、饰品，各行各业，无不生怕落人后似的，争先加入此一行列，呈现出罕见的商场战国风云。而汹涌如波涛的采购人潮，热闹滚滚，更是为炎热的大地制造了又一波的热浪。有些老板店员为了争取生意，红衣红帽白胡子，装扮成圣诞老人模样，笑逐颜开地穿梭在熙来攘往的顾客群里，忙得不亦乐乎，真个是门庭若市、生意兴隆。

圣诞节，对洋人来说，犹如华人过年一般重视。无怪乎，早半个月前，宽阔清洁的街道旁，已先后被五彩缤纷的圣诞树摊贩霸占。而家户间，不是在客厅里开始布置放满彩带、灯饰的圣诞树，就是在大门上佩挂红绿相间的圣诞花环，在玻璃窗上贴起圣诞老人像，或各式各样圣诞图腾，别有一番艺术情趣。

有点儿类似亚洲人"除旧布新"的心态，Kiwi家庭不管老人、年轻人，爬上爬下粉刷窗门、围墙、修葺屋瓦、除草、种植新鲜花草，里里外外忙成一团。

最有趣的是街坊邻居，路头路尾矗立着大大小小"Garage Sale"牌子。有人在院子里，有人在车库，也有几家人合起来在某家车道，将家里过气的、用不着的、买多了的各种用品、服饰，以岁末"出清存货"、"大甩卖"的方式，一次清个够。有些"拍卖品"实在无人青睐、乏人问津，卖主只好"买一送一"，甚至"不买也送"，全部处理掉。为了迎接一年一度的佳节，几乎全国百姓都沉浸在另类忙碌的气氛中。

　　阿宝一家融入本地族群，输人不输阵，随俗地投入折扣战场。从放假那天开始（一般在圣诞节前几天，公司已陆续放年假），老两口便开着大厢型车四处拣便宜，采购廉价瓷砖、油漆、窗帘、床单……把平时贵得不忍心下手的东西，一次买个够。然后学习新西兰人 DIY 精神，把家里的房间、浴室、客厅、餐厅来个"旧瓶新酒"，改头换面，整顿得焕然一新，跟着 kiwi 一起迎新年，自己也看着开心。

顶上功夫

　　刚到新西兰的头几年，上自老婆，下至小儿小女，每个人的头发，都是老公阿鑫一个人搞定。甚至连他自己的三千烦恼丝，也不舍得麻烦别人，常常一边照镜子一边剪、吹，顶上功夫之好，可说无出其右者。不但省了一笔"美容"费，时间上更是经济方便，只要老公有空，不论白天、晚上，随时可以动工。不用打电话跟发廊预约，不用排队等候，更不必花脑筋想是否可以用华语和美容师讨论发型、交换意见，反正每个人永远都是自己固定的型，省事多了。

　　渐渐地，逐日长成青少年的孩子们，开始注意时髦，幻想着"与同伴共舞"，因此，一个个离弃了"特约师傅"的精湛手艺，不再与师傅有约，不再上门求"剪"。取而代之的是在外遍访韩国、香港或其他华人发型师，由名为现代派、新潮专家为这些爱美少女梳理飘逸秀发，为潇洒男孩头发涂上发膏、发油，搞得满头光可鉴人，就连小苍蝇爬上去都是服服帖帖，不敢造次（无法乱动呀！）。

生意萧条，在只剩老婆一个老主顾的情况下，老公也只好宣布歇业收摊，从此不再抢人饭碗了。至于痛失专属发型师傅的老婆，情势所逼，不得不跟随孩子们脚踪，一家一家寻求能做中老年发型的"理发厅"。从 Forrest Hill 找到 Sunnybray 到 Milford；从女师傅找到男师傅；从华人找到洋人，只要人家推荐，这位师傅发型剪得不错；这家店剪发还加按摩，服务很好；这家店烫发兼护发，收费低廉，十分公道，不论路途远近、话通不通，都勇往直前。为了顶上日见稀疏的几根毛，还真是煞费苦心。

也许揽镜自理太费事，也许真是该换个师傅换换口味，一向习惯于"自己国家自己救"自行打理头发的老公，竟然意外地让出了新手实习的机会，在一个晴朗的周末下午，让老婆上阵磨炼功夫。

"鬓边稍短。"

"右边打薄些。"

"嗯！削头发用另一把削发剪子。"虽然不是自己操刀，还是不忘临场指导，边看镜子边呼这唤那。

"哎！客人的意见别太多，小心剪到耳朵。"老婆调侃地说。

"好吧！好好剪！我休息一会儿。"老公闭目养神，任由老婆师傅表现了。

"此时不回馈一下老公多年辛劳，帮他一个忙，更待何时？"老婆打定好主意后，出国前学习的美发绝活，就此正式上场了。

　　静谧中，老婆东瞧瞧、西看看，仔细地设计着发型，琢磨着剪发的技巧、顺序。短短半个小时里，使完发剪，用推剪、打薄刀、抹粉扑，有模有样地上下其手，每一种工具都试一下，"玩"得不亦乐乎。

　　"OK，大功告成！"仿佛完成一桩创举、杰作出炉似的，老婆自鸣得意地喘口大气。

　　忽然，"啊！后脑勺怎么跟狗啃一样，改天怎么出去上班？"老公瞅着背后的镜子，语带不悦地惊叹起来。

　　看着确实有点不同寻常的脑袋瓜子，再看看老公扭曲的脸庞，老婆知道——我闯祸了。像孩子做错事一样，老婆掩住忍俊不禁的笑意，压低嗓音，忙不迭地赔不是，说："这个发型不合意吗？要不要我再帮你修一下？"

　　最后，在不影响观瞻的前提下，还是劳驾老公自行善后，把参差不齐的头发修剪成三分头的样式，完成这份看似容易，还真有点学问的顶上功夫。

狗秀

　　自从一脚踩进"耳顺之年"后，"保健、养生"的专题逐步地窜进了脑海，"运动、饮食"的课题成了生活第一要务。为了切实履行课业，为了不辜负宇宙美好恩赐，更为了不给自己的未来添加遗憾，老两口签下了不成文的君子协议：每周日上午在逛完跳蚤市场，买完一周民生必需品后，到 Takapuna 海边，力行养生健走。

　　今年新西兰的天气，确乎有些奇特，仲秋过了，放晴的日子倒反而多了起来，六点一过，太阳公公就忙不迭地起身——say hello。潮湿许久的心境，跟着 warm up，停滞的养身计划——健走，立即开向跳蚤市场、Takapuna 海边。

　　拥有一只狗，不论是特立独行的"哈士奇"，家庭良伴的"拉布拉多"，微笑"萨摩耶"，聪明、忠诚的"吉娃娃"，友善充满活力的迷你"雪纳瑞"，还是德国牧羊犬，在现今时代已不再是年轻人的专利，特别是在新西兰，饲养宠物几乎是全民运动，家家户户呈现"狗芳踪"，俨然家庭成员。但在老婆听到狗吠仿佛听到雷响，看到狗像见到强盗避之唯恐不及的状态下，属狗又有心找只"狗伴"的老公，这辈子恐怕只能欣赏别人家"宝贝"，过过干瘾的份了。

Takapuna海边晨间散步时，举目可见人狗竞走，偌大的海边沙滩，几乎成了"狗狗走秀"场。洋人手上不止一只狗，更甚者，一个人后头跟一群，少说五六只的各类狗，大狗、小狗群集。有的头戴花帽，身穿球衣，学Rugby球员模样；有的身穿黑色燕尾服，一副迎娶模样，真是蔚为奇观。

正看得入神。忽然，海水里一只小吉娃娃载浮载沉，四条小腿挣扎不已，身子翻来覆去，好像水喝多了，呛到了。岸上主人也忙着丢棍子，丢绳子，急着想把他的爱狗救回来。说时迟，那时快，一只壮硕、其貌凶悍的大狗三步并作两步地冲了过去，一把揪住"落水狗"的前蹄，倏地冲上了沙滩，还不时地磨蹭着、舔着小可怜的毛，仿佛想安慰小吉娃娃，试图将它湿透的毛舔干。哇！狗的世界里也有"英雄救美"这回事啊！

"你看！那两只狗狗在亲亲呢！"一只穿着花衬衫的貌美狗妹妹迎面走来，帅气狗哥哥绅士风度地一摇一摆上前示好，还来个毛利礼仪鼻碰鼻问候。

"是噢！真是有礼貌。嘿！瞧瞧那头，那两只狗在干什么？好像在抢东西哎！"

"不对！不对！我们走过去看一下吧！"

仔细一瞧！原来是主人正在丢球，训练小狗捡拾技术，而另一只"冒失狗"误以为有"好料"吃，也想上前分享。

"哎！两眼对看，好像不甚友善噢！会不会打起来啊？快走！我最讨厌这些猫啊、狗啊！该不会铆起来，咬人吧！"胆小老婆拖着老公示意离开。

"两家主人都在场，别担心！"除了双方家长，旁边观战的华、洋群众，确实不少。战火紧绷的架势，不比人类逊色。

正犹疑时，不料，两只狗互看一眼后，竟然上演"孔融让梨"的戏码。在互让一番后，由一只貌似长者的公狗一口擒住，交给主人，充分体现谦让美德，真叫人诧异。难道狗世界也有长幼尊卑的分际？！

"老伴，你没听说吗？新西兰的狗从小送到狗学校受教育，不但听懂主人说话，还挺有教养的呢！"

"话是不错，但狗猫毕竟是畜牲，兽性发作起来，咬死人的例子，屡见不鲜，你难道不知道？"老婆胆寒地反驳。

"好吧！好吧！反正咱们家老婆大人不批准，狗猫永远别想入门。"老公伸伸舌头，露出诡谲笑容地说。

"咦！小狗声？"老公下班进门，钥匙孔还没转开，一阵轻微狗吠直钻耳膜。

　　"那不是对门小哈士奇的声音吗？"

　　"你喜欢吗？老公。"老婆眯眼笑问。

　　"老婆，你也有兴趣养狗？"

　　"嗯！"老两口眉开眼笑地对望着。

千里寄情

馨瑛：

　　无意间，我从电子信箱上 (E-mail) 发现了你们八位同学联名共同写成的问候信，内心的激动与安慰，真是无以言表，借此道声：谢谢了！

　　打从我离开学校，告别悬念的教学生涯，旅居此地后，你们也都相继进入高中、大学深造。几年来，除了偶尔在教师节前夕，收到远从地球彼端寄来的贺卡，或适时打来的贺节电话，报告校中学习状况外，差不多是断了音信。

　　此刻，当年全校仅有考上北一女中的佼佼者，却在学习里程告一段落（大学毕业），先后踏入社会为人师表，或保送进入更高学府——研究所，找到下一目标后，附上近照相约贺岁，也让我分享你们的欢愉，怎不令人喜出望外。

　　那天，恰巧是虎年的第一天——大年初一，难不成当真老虎翻身了？想到这里，终日赋闲在家的闲云野鹤，似乎也有点儿虎虎生风了。

你在来信中提到："没当过老师，不知道老师的压力和辛苦。"又说，"……对于在当学生的时候，有时迟到、不用功，感到惭愧。……所以我希望自己也能像老师您一样，成为学生爱戴的老师，不仅是经师，也是人师……"读信至此，当年站讲台的苦与乐，霎时，一股脑儿涌现脑际，同时不禁让我感到：孩子们，你们的确长大了。

阿玲问道：新西兰过年吗？是的，洋人也过年，只不过他们过的是阳历年及圣诞节。一如每年的一月二十八日，现在这里作息如常，一片宁静。寓所周遭除了稀稀落落的来往行人，三三两两呼啸而过的汽车外，没有太大的变化。与国内锣鼓喧天、吃年夜饭、发压岁钱，热热闹闹的四处拜年的过年气氛，不可同日而语。

近年来，亚洲移民激增，尤其是龙的传人。华人人数多了以后，各自将原居地的种种过年形态展现出来。一系列多彩多姿的年节活动，渐渐引起本地社会的关注。今年特别令人振奋的是在奥克兰地区，由新西兰亚洲联合会（NZ United Asian Association）与华夏协会联合举办的大型春节联欢会。除了例行的舞龙、舞狮、利是红包、除夕聚餐、春酒、灯谜等全部出笼外，历时五个多小时的游园节目，浩大壮观：吃的、喝的、玩的，一应俱全，吸引了成千上万的中外人士参与。

一元复始，万象更新。值此新春开年之初，得以分享你们过去努力的成果，及为未来树立的新标杆，欣喜不已。记得有一位名牧师，曾经这样说：手扶着犁向后看的人，不配进天国。为师颇有感触，固然检讨过去，可以策励未来，但也不必过度缅怀或懊悔过去，对吗？毕竟一路上都会开放着璀璨的花朵。愿我们珍惜拥有的每一个"现在"，向前进。何况世上有太多的无常与不定，本来就不是区区我辈所能掌控的，不是吗？

千里之行，始于足下。孩子们，接力赛的棒子，已交到手上，站稳脚跟，奋力向下一个目标冲刺了，一切尽其在我。谨此祝福每一个人，都能拔得头筹，不虚此行。

金箍棒

从冬衣一件件褪去的那一刻起，小草便等不及地抬起头来向人们说"hello"，苍蝇、蚊子也陪伴着蝴蝶、蜜蜂，生气蓬勃地翩然飞舞，造访人间。自此，轰然之声不绝于耳。看来，又得有请"金箍棒"了。

话说二十年前，大伙儿刚落脚白云故乡，还没来得及享受人间仙境时，竟先苦于"轰炸机"的肆虐。成天来去自如、毫无约期的不速之客——苍蝇——蹿进蹿出，颇令人有"不识趣"的感觉。有时正悠悠入眠、打个小盹儿，为了这批蝇哥蝇姊造访，还不得不起身相迎；或正烧菜之际，为免"不速之客"闻香驻足，也只好暂停手边工作，先招呼它们，真累坏了"煮妇"。

朋友说：此地苍蝇很有教养，来访前必先洗脚，不脏。又说：这些苍蝇的智商不高，很容易拍打，别担心。

曾几何时，这些既可爱又恼人的小东西，一夕间——竟然聪明伶俐了起来。不但脚丫子不洗，就匆忙赶来，甚至驱赶它们时，还会诈死。曾经好几次，当大伙儿正为这批可怜的小家伙死于非命感到歉意，准备为它们收尸善后之际，竟然一只只气定神闲地苏醒过来，振翅而飞，让在场的善心人士啼笑皆非。对于这样慧黠的鬼灵精，唯一办法，想必只有"金箍棒"伺候了。

于是，趁着返乡度假的机会，一口气收集了数支硬挺的"苍蝇拍"，打定主意，来个"人蝇大战"，不赶尽杀绝，誓不罢休。那阵子，家人个个"全副武装"，人手一支苍蝇拍，一副浩劫当前的模样。心想：纵然不教它粉身碎骨，也要将它碎尸万段；或让这些捣乱者，身陷拍子夹缝，求生不能，求死不得，最后自尽于苍蝇拍上。

"工欲善其事，必先利其器"，在战阵行伍中加进"金箍棒"后，果然奏效。不出两天，来一只死一只，来两只死一双。不多时，已是哀蝇遍野，客厅里、厨房边，布满了寿终的"苍蝇烈士"。

朋友说，花了钱请人喷杀虫剂，安静一段时候，小东西还是动作不断，不如金箍棒——苍蝇拍——来得实惠。既可随时候驾，赶走不速之客，又可趁便运动，舒活筋骨，比之于孙悟空的金箍棒，真是一点也不逊色！

长工

古时候，家里有些银两的人家，除了大大小小奴仆、侍女外，少不了还有长工。长工，顾名思义是长期在有钱员外家帮着做工的人。现在，我家虽不富裕，更非员外之流，却也拥有一位任劳任怨的全职长工。

以前在家乡时，本身已有专业工作的阿鑫，因为兴趣，业余干个兼职长工打打杂也就算了。此刻，身居凡事 DIY 的奥克兰，小小工程，请个工人十分不便，也就义不容辞地担任起全职长工，并视此为终生职业，无怨无悔永不罢工地乐在其中了。里里外外，无论粗工细活，长工一手包办，丝毫不以为苦。

春秋时代鲁国有一位很有名的工匠，名叫"公输班"。他的手艺非常好，只要一把斧头在手，即使不成材的木头，他都能做出精美的器具。我家的"现代公输班"虽不能如此巧夺天工，但也相差不远了。

　　三年多前搬家时，楼下多了一个 workshop，闲置着实在可惜。我家长工二话不说地拿起皮尺，左量量，右比比；一会儿爬上，一会儿爬下，煞有其事地计算着几根大木头，几根小木头；需要几片墙；哪里开门，哪里接电线。每天下班回来，吆喝着"小工"帮忙拿铁钉、递钉锤，钉木头架、钉墙、磨石膏板、铺地毯……不出几天，舒适、美观的起居室就"海市蜃楼"般地呈现眼前了。

　　又有一次，楼下 rumpus 的天花板出现孩子彩笔涂鸦似的斑驳痕迹，线条明暗清晰，像极了戏台上丑角的大花脸，更像是刚生过病、形容枯槁的皱皱面庞，简直是惨不忍睹。敏感的"长工"直觉地感到那是水渍，于是展开了一连串的抓漏工程，企图循线找出肇祸元凶。锲而不舍的结果：原来是一直以来藏身天花板里的铜质水管氧化，长了铜绿，水管腐蚀破裂，于是水滴就这样滴滴答答地占据了天花板的每一寸面积。尽职的长工，再一次发挥敬业精神，冲向惯跑的五金行买回补漏材料，左捏捏、右搓搓，三两下工夫，泪水涟涟的水管立刻停止了伤心的啜泣，不再泪洒天花板。而查漏时被切割得"柔肠寸断"的石膏板，也一一换上全新服饰，刷上白油漆。受创的天花板，在我家长工的细心呵护下，霎时恢复了往日风貌，一点也没有"凄怆病容"的感觉。

　　更妙的是，原本满地黑漆漆的前后水泥地门廊，在长工安排的精美磁砖抢战滩头后，焕然一新，再也不必三不五时地上冲下洗，忙煞水枪（water bluster）先生。

我家长工放下榔头、钉锤、水泥磨刀，穿上围裙，拿起菜刀、锅铲，摇身一变，又是一位不折不扣的"时髦中馈师"。除了"客家小炒"色香味地道，令吃过的人齿颊留香，缅怀不已外，"面疙瘩"是他的另一拿手绝活，品尝过他手艺的朋友，无不啧啧称奇。

说来奇怪，我家长工不仅扮演"电子怪猫"、"台、新师表"，甚至"木工"、"水泥工"，对于"饮食文化"也别有一番见解与诠释。有时为了祭祭五脏庙、慰劳慰劳辛苦终年的五脏六腑，全家外出打打牙祭。谁知回来后，长工先生闲来无事，竟然有模有样地摆起 pose，卖弄一番。而足以媲美餐馆的满桌佳肴，就这样一一重现寒舍。起先，我们都以为是巧合，正巧那几道菜他老兄会做，但屡试不爽，才恍然了解：原来饮食间，餐馆大厨的食谱早已偷偷地溜进了他的脑海。

现在，即使到朋友家做客，到餐馆用餐，回家以后，只要时间许可、材料具备，长工就可在自家厨房，大显身手。甚至，精心改良出更可口的美味。当然，我们也就义不容辞、顺理成章地享用这位时髦中馈师的杰作啰！

生于乡村，长于郊野，从小与鸡鸭为群，与牛羊为伍，看着牛屁股长大，伴着青菜、水果成长，与日头赛跑的长工，在这样大自然间、闲云野鹤式生活中，耳濡目染的结果，终于熏陶出淳朴的"老圃"特质，举凡种菜、种水果，无一难得了他。因此，虽没有大农场，也没有专业蔬果温室，但我家经常青菜、水果满后园。最高纪录，曾经在小小院子里收成了十六种蔬果。也许，这又是中馈师在佳肴美味的材料敏感度方面，所表现出的另一成就吧！

动辄要求"男主外、女主内"的中国传统社会中，能在"长工"这个角色上扮演得如此称职、得体、兴味盎然，而且乐趣无穷的，倒也不多。若要随便辞退这样一位忠心耿耿、合作多年的老长工，还真舍不得呢！想到这里，且让我俩继续配合、共同为"长工"与"小工"的职责努力吧！

年糕嫂

"别人的阿君仔是穿西装，我的阿君仔偎是卖青蚵……"二十世纪五六十年代，台湾曾经流行过这么一首歌，叫"青蚵嫂"，无独有偶，奥克兰北岸也有一位"年糕嫂"。

第一次风闻"年糕嫂"的大名，是在搬家到 Forrest Hill时，但因平时深居简出，因而无缘与她打交道。直到年前，终于得偿凤愿，见到了这位响当当大人物的庐山真面目。

"叶太太，这个年糕送给你们尝尝看。"

除夕的前一天傍晚，"年糕嫂"在先生的陪伴下，一身轻便地驮着满车年糕，媲美圣诞老公公地挨家挨户分送给附近亲朋好友。

"年糕嫂"生就一副磨米做年糕的大块头模样，身强体壮，天天精神饱满；baby似的红彤彤的面庞上，总是挂着亲和的笑靥，让任何人碰到她，想不跟她"嘿"地打一声招呼都难。然而有趣的是，"年糕嫂"既不卖年糕，也不在糕饼

130

店打工。

"年糕嫂"移民新西兰约莫一年。当年"年糕先生"从工作岗位退休，举家移居新国时，是领了退休俸来的，按理说，全家吃穿无虞，夫妇俩大可跷起二郎腿，带着孩子们在此世外桃源，过神仙眷侣生涯。但这对乐善好施、勤奋工作的夫妻，偏是闲不住，年糕先生又在计算机公司谋得高职，一周五天，每天朝九晚五的地埋首努力。而年糕嫂则夫唱妇随，相夫教子之余，还在教会、邻里间做义工，帮助别人。

每逢乡亲乔迁或年俗节庆，年糕嫂特制的年糕从不缺席。就以这次过年为例，有心的年糕嫂，早已自掏腰包，准备好各式材料，赶在除夕之前，把香甜可口的芝麻年糕一一送达朋友府邸。这个由闪亮亮的锡箔纸包裹，布满白、黑芝麻，象征着年年高升、灿烂前程的上乘杰作，外表看似蛋糕，吃起来却是口感十足，如假包换的年糕。这种年糕既不黏腻，也不太甜，又有 Q 劲。尤其是冰过以后的滋味，像极了当年在原居地时，名闻遐迩的"元祖"麻糬，别具风味，令人回味无穷。

"老公，有人说糯米类食品，吃多了不舒服。咱们俩年纪大，年糕吃多了，不好吧！"叶太太想沾沾年节氛围，尝尝这难得的应景糕点，又怕老肠胃不受用，真个是"既爱又怕受伤害"。

"听说曾经是护士专业训练调教出来的年糕嫂，送年糕时，还附赠'养生之道'，告诉我们如何保健，才不伤肠胃，包你吃得开心，吃得放心。"老公一边说一边在亮丽的锡箔纸周围，翻找所谓的"养生之道"。

"好吧！等找到看懂了后，再吃吧！"养生有道的叶太太，等待着"养生之道"出现，等待着大快朵颐一番，等待着……

这一班

提起这一班，还真是个趣味十足的联合国式组合。

近年来，奥克兰市北岸 × × 学校除了中国内地、台湾、香港地区，以及新、马地区的孩子不断拥进外，非华语母语的外籍生也暴增了许多。学校基于学生学习方便，进度容易掌控，将这批中华文化的渴慕者，依其既有基础，分成不同层次的三个班——香港班、台湾班、非华语母语班。这个由本地新西兰、斯里兰卡、意大利与韩国孩子组成的综合体，即是其中的一班。每个星期二、星期六午后，这些不谙华语、金发碧眼的"洋娃娃"及韩籍儿童，夹杂在蹦蹦跳跳的华裔小朋友行伍间，鱼贯进入充满书卷气息、井然有序的课室，接受华语文教学。

个性与华人孩子迥异，处处表现出独立自主的小"洋朋友"，由于首次踏入不同的学习环境 (华人学校)，在父母离开教室的刹那间，难免依依不舍，羞赧地在妈妈怀里摩摩蹭蹭，搂搂抱抱。甚至眼神里仿佛流露出"妈咪不要走，留下来陪我"。但这些举动，丝毫掩不住他们对不同文化的好奇与兴趣。才开学，大伙儿便支支吾吾地用不知哪里学来的生涩单词，表达出他们对老师的敬意，怯怯地说："你好。"

"起立"、"敬礼"、"老师好"、"老师再见"、"谢谢老师"。

尽管这些孩子压根儿没有华语基础，老师上课必须以英语辅助教学，几个年幼的韩国孩子，甚至还得透过大一点的同伴，以韩语翻译，才能听懂教学内容，但在"熟能生巧"的努力下，两个礼拜后，孩子们都能以华语配合行礼如仪，丝毫不会搞错。

"窕屋"（跳舞），"学猫"（小猫），"敞歌"（唱歌）。

虽然屡次告诉小朋友，不同的音调，表达的意义也不相同，但对这些没有四声概念的"外国人"，要想字正腔圆、咬字清楚地说出每一个字，的确是困难重重。就这样，英语式华语，阴阳怪调，嬉笑不断地玩了几个礼拜后，终于个个能边念边带动作地说："小金鱼，大眼睛，游来游去，游不停。"

说"玩"，一点也不为过。

为了引起小朋友学习的兴趣，同时透过亲身的体验与参与，获得充分的概念，往往上课前，老师得搬家似的，把课文相关的道具全数出笼，比方说：图片、玩具、剪纸、挂图等，缺一不可。

教育学家提倡"鼓励重于惩罚"。为了适时给予小朋友们奖励，贴纸、奖章、糖果也要一并带到。甚至为了寓教于乐，使教学生动活泼，老师还得粉墨登场，扮演最佳演员，配合录音带教唱各式各样的儿歌、游戏及表演。一则便于儿童记忆课文，再则让这些孩子，能很快地熟练母语以外的另一种语言，不至于因疏于使用而忘记。有时为了矫正发音，小虫一般地张口吐舌，一堂课下来，孩子脑袋瓜里装下了多少东西姑且不论，老师却是嘴角发酸，筋疲力尽，俨然参与了一场北约大战似的——累极了。

正如孩子们不同的族裔背景，他们的学习情况也略有差别。

美英、昭英这两个韩国女孩，九冠鸟似的，不但能比较准确地发出四声，短短数周里，竟能学以致用地用最粗糙的措辞方式，告诉老师她们想表达的意见，学习之神速，的确叫人讶异。

白里透红的小脸蛋，永远挂着一串甜蜜微笑的乔莉亚、乔治姊弟，是来自意大利的新移民。开学二周后，姐弟俩按时来到这个看似万花筒、充满情趣的中文世界，认真地学习华语。虽然小乔治的意大利式华语经常让班上小朋友捧腹大笑，有时为了撒娇，腻在妈妈身旁，不肯跟随姐姐走进课堂，但这些小插曲，一点也不影响他学习华语的兴致，总是在陪着同学们笑完后，继续大声地念着课文。更令人感动的是，抢答卡片上的注音符号，当众表演图片动作，或与其他小朋友共同玩猜字游戏，不管答案是否正确，他都勇于一试。

爱莉萨，是个积极上进的女娃儿，每次回答问题，举手最快的非她莫属。新西兰籍的背景，使她有时候会抓不准四声的音调，但丝毫不减损她发言的频率。除此而外，她还常常自告奋勇地当起小小老师，帮助年龄略小的同伴，告诉他们如何抄回家功课，陪着他们一起念绕口的卷舌音。虽然学习不久，但很明显的，小娃儿们已传承了中华儿女乐善好施的美德。

最有趣的是韩裔小朋友安圣兰、安世兰姊妹。刚入学不久，注音符号尚且学不到几个，更遑论国字。可是为了迎接中国春节，恭贺中文老师佳节快乐，姊妹俩特地私下拜师台湾朋友，依样画葫芦地按着朋友教写的中国字，制作充满中国年节气氛的贺卡，摆到讲桌上，给老师一个意外的惊喜。此举不但窝心，也教人感动极了。

斯曼莎，若不在意她黑美人般发亮的肤色，必误以为她是中国人。一口漂亮的国语，不但为她赢得校内演讲第一名，七月份还荣获奥克兰教师协会主办的非母语华语比赛第二名的佳绩。

这一班，二十来个孩子，各有他们不同的学习方式：有的以自己母语帮忙记忆发音；有的请老师代录发音，回家勤练；有的画图；有的全然死记；真是五花八门，不一而足。不论这些孩子学得怎么样，有一点可以确定的是，他们的中文学习精神，绝不亚于华裔子弟。

这一班，宛如一个甜蜜的大家庭。每一位小朋友，犹如一株株春天刚冒芽的小幼苗。他们正饥渴地等待着园丁的浇灌，急盼着专业的培植。爱心与耐心是这群幼苗的养分；勉励与帮助是他们的食粮。对于身为台湾来的专业教师，带领这样一个班级，是教学上的挑战、突破，也是教学上新的尝试与磨炼。虽然教学辛苦，但别有一番情趣，乐在其中。因此，希望在经历过原居地与这里不同的教学技巧后，能与这一班一起学习，共同成长。

输 与 赢

　　若干年前，正处童骏之际，由于经济不若今日发达，一般孩子的课外休闲活动，除了玩布包石子外，就是三五好友一起跳橡皮筋，跳画格子的房子游戏。虽然简陋，但同侪间倒也颇能沉浸其间，乐此不疲。只是，有时为了不落人后，斤斤计较，偶有激烈竞争。或为了扳回一城，不甘心输给别人，即使夜幕低垂，倦鸟都已归巢，还是不忍离开战局，全心全意投入输赢之中，誓言分出个高下。

　　及长，踏入学校，孩子们依然为了学业、考试，彼此据理力争，有的甚至面红耳赤，得理不饶人，只为区区一分，互相翻脸，伤了同学、朋友情谊。尽管战国风起云涌，火爆不断，大体上来说，尚不失为"君子之争"，绝没有残暴或令人发指的举动出现。

　　很多父母为了子女比别人强，将孩子从小送进各式补习班，加强学业，学习各类才艺，总之，不能输在起跑线上；

企业家不能输给其他同业，耗尽心思，白了头，依然汲汲营营、穷其一生地努力冲刺；历代皇帝争江山不能输；国家外交不能输。甚至，年轻人结交异性朋友，也不能输。哀哉！"赢"之为座右铭，的确有点令人"鞠躬尽瘁，死而后已"的感觉！

社会型态改变后，许多商场生意人为了促销产品，花招百出，各种抽奖、摸彩，层出不穷，吸引着消费者竞相参与。多少人铆足精力，全程参与，一刻也不放松的双眼紧盯台上，其目的无非是想赢回彩箱内的希望——奖品。不论奖大奖小，只要不落空，双手捧回一项，观念上，似乎就是赢了。

有人说：中国人赌性坚强。又有人说：十赌九输。但也有人说：输人不输阵。风水轮流转，总有一天赢。于是乎，无数人为了翻本，不惜一博，即便是倾家荡产，也要为那最终目标——赢，不断下赌注。在此期间，有人赌财产，有人赌运气，竟也有人赌性命。

虽说自古以来，人人想赢，却有多少人，只为一念之差，全盘输尽了。不久前，报载某女大学生，因解不开感情枷锁，为图情场输赢，拿彼此前途与性命做赌注，铸成终生遗憾，堪称异数。由来只见英雄难过美人关，岂知科学文明演进，思想更新，女性意识抬头之后，有人为了难逃情关，竟至同性情仇相残，真个是人心不古。旧时高举之"温、良、恭、俭、让”诸多美德，曾几何时，已消失殆尽。温柔婉约，亦仿佛只是小说人物之描绘。

正当那年夏天，美国洛杉矶的海外孽缘，当事人之悲惨结局，还停留人们脑际，出现在茶余饭后、迟迟不肯完全褪去时，又一高学历资优女性，难破输赢盲点，饮恨囹圄，也造成另一有为者生命的终结。嗯——问世间情为何物，直教人生死相许。

古人说：“君子无所争。”又说：胜固欣然，败亦可喜。固然体育场上有风度的运动家，也该有服输的精神。但时下进步、繁忙的社会，每一个阶层，每一个竞争者，在要求胜利之余，若不能排除掉不光明、暗箭伤人的举动，甚或自戕的行为，则社会之混乱、堕落，恐怕很难避免了。胜败乃兵家常事，有关“输、赢”，也许我们真该以平常心视之！

寓居海外，努力学习西方文明之时，对于中华传统的道德文化，是否亦该阐扬，值得深思！

伴

　　"淡淡的春天，杜鹃花开在后院边，玫瑰花开在小墙边……"不知什么时候开始，老伴也时髦学少年，加入音乐创作洪流，填起歌词来了。

　　记忆中，打从春神降临尘俗后，每逢黄昏时分，映着金菊彩霞，老伴佝偻的身影便伴着花剪、小铲，规律地动作，左左右右，追随着回荡在空气中的自创歌曲，起劲地在前院活动。

　　"不好了，手指头被菜刀切了！"一阵风似的，老伴的身影窜进了厨房，对着面色凝重，高举血流如注的手指，惊慌失措大叫的伤者，使出急救功夫。

　　拿出急救箱，非专业地把不知没入菜里，还是水流冲走了的肉块母体——食指施救完毕后，老伴吁口气："唉！我还以为指头砍断了！"

　　"真没良心！"话虽如此，但确是这一路走来，什么事不是老伴俩互相扶持？

"叮咚！叮咚！"星期天起得晚，刚用完早餐，准备喝口茶，忽然门铃有气无力地响了两下。经常在后院晒衣场，笑眯眯地递上一袋新西兰特有水果"翡纠阿"的阿婆，突然大驾光临。

"请进！"九十岁老人到访，全家受宠若惊，赶紧出迎，探个究竟。

"MichaelI...would like..."阿婆一个字一个字地说。原来是昨夜强劲的风，吹垮了墙边大树，围墙坍了，但是儿子一家度假未归，希望邻居的我们过去帮个忙。

"No problem, no problem..."一向"助人为快乐之本"正在上高中的侄儿，欢天喜地地打前锋，冲到隔壁院子，试图蚂蚁搬象。

"你一个人不行啦，大伙儿一起来。"

就这样，你扛那边，我推这边，拔河似的一个接一个，终于把庞然大树，自倒塌的墙身上挪开，也把受损的篱笆修复完工。

老太太咧着嘴说："谢谢！"

可不是吗？人是群居动物，终其一生都在人海中相伴度过，无法离群索居。在家庭里，少年夫妻老来伴，彼此提携，患难与共，在人生波涛中，伴随各个波浪，浮沉前进。上学的孩子，在无涯的学海中，疑义相与析，与同学一起研究，互相讨论疑难，共同走出困境。古语说：独学而无友，必孤陋而寡闻。心理学也有这么一句话：同侪间的认同。尽管是幼儿园儿童，我们不也常见他们小手拉小手，一同上学去吗？社会上，不管是独资经营，抑或合伙共创公司的老板，都各有其组织或行业同好，胼手胝足，打定天下。即便是小说故事创作，除了男主角、女主角外，写作者还要编排无数人物，相伴发展情节呢！

平时运动，若没有节奏相伴，跳舞，若没有音乐拍子搭配，必是步伐凌乱，缺少个中情趣，乏味极了。难怪诗人李白说"独酌无相亲"，要"举杯邀明月"，与明月同喝共舞。

常言道：红花绿叶，相得益彰。花儿尚且需要绿叶作伴。回过头来看看，秋冬时候的枯枝败叶，一棵棵光秃秃的树干，寂寞地挺立，偶尔出现的狂风骤雨，雷厉地泼洒在毫无遮蔽、无以保护的树身上，大地显现的，不只是一片凄迷，还夹杂着一份没伴的无奈与悲凉，这等景象，令人目睹之后，想必也"心有戚戚焉"吧！

唐朝诗人陈子昂说："前无古人，后无来者。"只因如此，他便"念天地之悠悠，独怆然而涕下"。

没有伴的人，竟是这般脆弱。

有时我们看电影，屏幕上出现踽踽独行的背影，一人独坐摇椅的镜头，垂暮老人伶仃终老，身旁只有一只忠狗守护，不禁要悲从中来，无助、无依，甚至害怕、紧张、肃穆的感觉，几乎令人窒息。

原来，伴——除了镜头上的协调，竟还有共同扶持，温暖人心的作用。而"天涯我独行"，竟是这般难耐、惊恐，甚至不愉快的经验！

过年

　　当普天下华人正欢度春节，而侨居纽国的我们也正沉浸在过年的迷思中时，此地 Chelsea 小学的师生们，在一群热心华人家长的帮忙与赞助下，热闹滚滚地展开已筹备半年，引领期待的春节活动，并交出了前所未有、特殊而亮丽的成绩单。

　　农历大年初一中午，整个校园里流泻着"欢乐过新年"等象征过年的音乐，一派中国新年的气氛。不多时，俨然市集般，大批学生、家长及附近洋人拥进了充满着各式各样节庆图案、剪纸、民俗器物，门楣上还张贴着"诗书门第"及"忠厚传家远，诗书继世长"对联，布置得美轮美奂的教室里。

　　有人轻轻地抚摩着玉雕像、玉镯、葫芦、杯盘、茶具；有人小心翼翼地摇动古色古香的纸扇，瞧瞧纸灯笼，又望望精雕细琢的宫灯；尤其是悬挂墙上，苍劲挺拔的中国字画及柔媚婉约的花鸟、仕女图，使得几位长者啧啧称奇，叹为观止外，还驻足良久，不忍离去。

下午三点钟左右，东区 Tina Lee 民族舞群的彩球舞、扇子舞、狮舞，正式揭开了 Chelsea 小学庆贺春节活动的序幕。曼妙的舞姿、纯熟的动作，带来了无数掌声，更添加了新年的喜乐。特别是平时即满身舞蹈细胞的 kiwi 孩子，个个蠢蠢欲动，巴不得也上去秀两下，过过瘾。

　　紧接着跃动而来，由薛乃印师父表演的太极拳、太极剑，把观众的情绪一下子带进了静默。就连平时动如脱兔的孩子们，也都全数屏气凝神，陶醉在缓步微移、举手投足斯文轻巧的节奏中。甚至结束后，有些孩子还依样画葫芦地比画半天，看来这套"中国功夫"不怕后继无人了！

　　华灯初上，薄暮时分，脑海里正思索着还有什么节目之际，象征着步步高升，热腾腾、香喷喷的年糕、萝卜糕赫然出现在展览厅，令在场几十对眼睛全亮了起来，不只是孩子们食指大动，就连在旁观赏的大人们也垂涎欲滴，真想撕下一块解馋，也解解乡愁。

　　忽然，锣鼓声喧天价响，转移了大伙儿的注意力，跟着挪动脚步，冲往偌大的绿色操场。原来，三五成群的小朋友，正起劲地享受着变化无穷的打陀螺、踢毽子等童玩游戏。还有几个则忙活着放风筝，或抢救远扬的纸鸢，个个乐在其中，使得原本就嬉笑不断的校园，此刻更洋溢着过年的情趣。

　　为了与华人同欢，与孩子们同乐，金发碧眼的师长们，有模有样地客串了一段"历代中国服饰秀"，为此次活动掀起高潮。当包裹着蒙藏服饰，摇着马鞭，一派雄赳赳、气昂昂架势的洋老师出现时，现场一阵惊呼——帅呆了！而台湾山地酋长，扛着猎兔，排山倒海般蹦跳而来的壮硕模样，也颇令人印象深刻。

高昂的气势未消，体态轻盈的"赵飞燕"，犹抱琵琶半遮面的"王昭君"，教六宫粉黛无颜色的"杨贵妃"，娉婷纤弱的浣纱女"西施"，相继在"汉武帝"、现代新娘新郎及媒婆等簇拥下，陆续出场。那种婀娜、娇柔的姿态，令所有观众拍案叫绝，笑得前仰后翻，争相合照留念。

就在此时，操场的另一头一阵骚动。定睛一看，蜂拥而至的小朋友，正欢天喜地地从师长们手中接过象征喜气的大红包后，与家长们加入叮叮当当的山地舞行列，兴高采烈地又跳又叫，把新春活动推到了最高点。

寓居新西兰几年，第一次与华、洋朋友们用这样的方式共度春节，心情的悸动不可言喻，也感到别有一番滋味在心头。特别是有幸受邀参与该校董事会理事 Lisa Chen，舞蹈老师 Tina Lee 及家长们的工作小组，利用课余时间指导 kiwi 孩子们跳舞、童玩、打算盘、做年糕、写毛笔字、说华语，甚至如何使用筷子，使他们更了解中国文化，真是意义深长。希望这次的抛砖引玉，往后能提起更多来自不同地区朋友的兴趣，与本地 kiwi 一起欢度佳节。

退休

才走近行李转盘边，已经人潮汹涌、万头攒动，看来今天是有不少飞机同时到达了。

众里寻她千百度，终于找到一部手推行李车。幸好她块头不算大，要挤进缝隙领行李不算太难，她想：就在这慢慢等吧，反正现在什么没有，时间最多。既然没人接机，早出关晚出关，问题不大。

"嘿！你搭哪班飞机？怎么突然冒出来了？"

寻声回过头，没想到身后竟然聚集了一堆貌似经过"微整型"、眼神里流露出满足光彩的当年工作死党。

"是你们！阿菊、阿兰……""哇！个个花枝招展、妖娇美丽、神采奕奕。奇怪，当年带升学班时，仿佛秋天飘零的落叶，令人心疼的憔悴模样，现在都到哪里去了？跟以前不一样了哎！"兴奋、激动之余，忍不住要夸一下当年生死与共、互拼战绩的团队姊妹。

"那是当然啰！媳妇熬久了，终要变成婆吧！哪可能一辈子委屈在上煎下熬的人间炼狱里拼升学率，当丑小鸭？"

　　"我们虽然没你好命，中途可以落跑，但退休了，总要慰劳慰劳自己吧！"

　　"你最不够意思啦，移民出国后就人间蒸发，也不联络一下，每次聚会，独独缺你一角。"

　　同学会似的，你一言我一语，完全忘了曾经为人师的形象，忘了置身于国际机场，又笑又叫，好不热闹。

　　"你们怎么出现在这儿？这次轮到给哪一国交税去了？"闹了半天，她还没搞清楚这些死党们，这次又浪迹何处去了。

　　"你忘了？就是大伙儿合组，你也预缴了会费的长青团，出国旅游振兴世界经济去了呀！当时不是说好，每年交会费一千元，退休后就一块儿云游四海，也印证一下所学，有没有误人子弟啊！"

　　"我们是真正的实践者，继九寨沟后，跟着长青团东转西转跑了几个国家，什么丝路、环球影城、星光大道、旧金山大桥、玛雅文化、埃及人面狮身、木乃伊……还真长了不少智慧呢！"

　　"我们可是在好几个国家的星光大道上，留下美丽的足迹啰！喂！你不是说好了跟我们一块儿跑的吗？"

　　"是啊！你现在不也从贵宝地的高中退休了吗？快归队

呀！别搞失踪了，小姐！"淡淡腮红衬托下，双颊略显丰腴的眯眯眼，发出通牒警告逃兵了。

好友们，一个个轮番上阵，眉飞色舞、口若悬河地叙述着这些年来游历过的地方，走过的国内外大小城市，见识到的各种社会文化。

她，倾听着这些月拥 18% 利息，收入丰厚的"退休贵妇"，兴致盎然地高谈阔论她们精彩的"退休生涯"，确实令人既羡慕又嫉妒。

然而，侨居地政府月付台币两万块不到的养老金，套句俗话说：生吃都不够，哪来的晒干？偶尔买张机票回国省亲，已经很奢侈了，谈什么"周游列国"，还是在家独枕"神游"之乐吧！

生日蛋糕

　　九月，在南半球正值微风中夹带些和暖气息的初春季节，蛰伏了一整个湿冷冬天后，每个人的心情犹如灿烂夺目的骄阳，飞扬了起来。

　　那天近午时分，明霞吹着口哨，信步闲逛到附近的Shopping Mall，准备买几个面包，隔天当早餐用。

　　"阿萍！阿萍……"连续几声地叫唤没有动静后，明霞在彩萍身后轻碰了一下。

　　"哦！……"永远双眉紧皱、一脸茫然的彩萍，从五里雾中回过神来低声地回应。

　　"我看你在这个蛋糕店门口望了很久，准备买哪一个呀？"

　　"我……"

　　"这盒很不错啊！"明霞不改当年大姐头姿态，声音高亢地径自提出建议。

"嗯！……"彩萍还是拿不定主意。

"走！先喝杯咖啡再继续想吧！"明霞半拉半拖地抓着犹豫不决的阿萍，走向附近 Coffee Shop。

也许时间还早，流泻着柔和古典音乐的咖啡店里，除了身材微胖，却老爱包粽子似的裹着紫红紧身衣、笑脸迎人的南非女老板外，这两个向来性情、格调成并行线，难得交集的最佳拍档，是"唯二"的客人。挑了个靠墙、灯光不很刺眼的座位，各点一杯"卡布奇诺"后，明霞不很迷人的话匣子，啪地打开了。

"是不是家里有谁准备过生日？"明霞沉不住气，首先发难地说。

"也不是啦……"彩萍漫不经心地搅动着杯子。

"那你干什么老盯着生日蛋糕看？……该不是你想开店？你想学做蛋糕？你想……"明霞故作幽默地打破砂锅问到底。

"嗯……"彩萍老毛病再现。

二十年前念书时代，明霞是个急惊风兼好奇宝宝，凡事追根究底、非弄个水落石出不可。碰到彩萍这个遇事总是摆在心里头，不哼不哈的闷葫芦，常常急得直跳脚。好几次，两人险些绝交。到了现在——不惑之年，两个人的个性，好像没有多大长进。虽不致渐行渐远，但彼此的言谈交流还是很难一拍即合，一次就顺利搞定。

"喔！我想起来了，你是那个龟毛、洁癖，外加行事低调有原则的处女座……"明霞口无遮拦的习惯又犯了。

"呸呸呸！别一竿子打翻一船人，小心有人……"彩萍总是这么谨言慎行、观前顾后，生怕得罪人。

"你难道不是九月生日？……"明霞忽然怀疑起自己的记忆。

"……"彩萍依然沉默不语。

"你老公、孩子送你什么样的生日礼物？花？巧克力？还是大钻戒？……"明霞自顾自地穷追猛问，丝毫没有顾及别人的感受。

"曾经有位朋友说，很多母亲在生日当天哭泣，只因家里电话或手机没响……"彩萍答非所问，悠悠地说。

"走！走！你不是要买生日蛋糕吗？我陪你去挑个精致的、好吃的。"明霞没耐性这样没头没脑地穷磨牙，抓起彩萍的手就往外走。

输人不输阵的彩萍，怎可能将深藏内心隐隐作痛的伤痕轻易示人？更没可能在老同学面前漏气，告诉这个死党：别说玫瑰、巧克力、钻戒……结婚二十多年来，即便是深植世人脑海的母亲节卡片，家里都压根儿不曾有人想起过，就更别提生日卡、生日礼物了。逢此"母难日"，自己买个合口味的生日蛋糕吃吃，慰劳一下善感的心绪，除了疗伤，也算是一种庆祝吧！

信心

　　那天，一席谈话，漫无边际，即兴式的英语闲聊，南非珍妮太太的打气、鼓励，从事后阿兰来电愉悦、开朗的声音中，我确切地发现，她改变了，脱胎换骨似的完全变了——信心大增。

　　自认英语说得不够流利、不够完美的阿兰，定居新西兰后，一直都是深居简出，足不出户。除非需要，她总是守着菜圃、花园，守着家，中国古代典型妇女——大门不出、小门不迈的传统美德，在她身上发挥得淋漓尽致。随着日渐"白皙"的面庞，她潜藏的信心，似乎也越来越苍白了。

　　偶然出现在华人圈子，那客客气气、谦冲为怀的身影，轻声细语与人交谈的模样，教人打心坎里感动，更羡慕她先生之遇人贤淑。然而她长期对人的尊重与低声下气，却意外地换来某些狂妄之徒的嘲讽贬抑，及他工作上的挫败，使她更加退缩。真有点儿为她感到不平与怜惜。

"阿兰！你还待业在家呀！要不要我在工作单位帮你问问有没有空缺？"习惯扯着高八度嗓门四处八卦、表现"善心"的阿美又来了。

　　"有事做总比没事做好，但我的英语不灵光，行得通吗？"阿兰总是那么无意义地牵挂着自己的语言能力。

　　虽说钟鼎山林，人各有志。但与生俱来的本性，受到多元化社会、客观环境的冲击，岁月的改造后，有些人的性情改变了。原本身处中下社会，自卑自怜个性的人，一旦社经地位转换，为了掩饰自己的没信心，旋乾转坤，骤变为目中无人、傲慢无礼。更令人诧异的是，为了贯彻他的猖狂、幼稚，甚而转对权势者摇尾乞怜，换取裙带权柄；为了凸显他自认的特立、高贵，更不惜践踏位卑无助者，造成了自古以来，社会长久存在的特异景观。阿兰，这个顶着十八世纪传统的二十世纪女性，若说也是这个时代的委屈者，一点也不为过。也无怪乎她仅存的信心，被啃蚀得几乎荡然无存了。

　　小时候常听长辈说：自爱——爱自己。但这不意味着自大，更不是自怜或狂妄，而是对自己的期许。天生我材必有用，配合信心，发挥自己的光与热，爱自己、也爱他人，这个社会才能和谐进步，不是吗？

　　正如珍妮所说，语言学习并非一朝一夕、一蹴而就之事。拿出信心与勇气，坦然面对说英语的人，勤加练习，则说流畅英语，必指日可待。一点也不假，赫赫有名的杏林子郑丰喜、美国盲女圣乐家芬尼，除了天生的才能外，哪一位不是依恃着信心成功？

自卑与自傲，都是信心的摧残者，也是对自己没有自信的表征，该引以为戒。若说信心是成功之钥，则愿我们以此互勉之！

寄琳琳

闷热的午后，空气里嗅不出一丝风的气息，全身黏糊糊的，直想打盹，叫人无精打采。

"走！走！浇水去。"琳话别睡神，慵懒地随着老公上工去了。

打从去年底新居落成开始，每天傍晚下班后，Michael便遛狗似的拉着上了一天班后昏昏欲睡的琳，在肆无忌惮秀着独轮舞的太阳公公陪伴下，探看别后一日的新屋是否完好无恙，并与干旱欲裂的草地征战——浇浇水、拔拔草。希望无缘居住的、待价而沽的红楼，因着琳贤伉俪充满爱心的维护，更显俊俏、迷人，吸引赏识的买主上门。

"不是猛龙不过江。"

"没有三两三，不敢上梁山。如今却落到驻守海防（钓鱼），轮值银行（领利息过日子）的境地。"

"是啊！地广人稀，生意也不好做。"一脸困惑的莎莉嗳嚅着。

"看来，投资房地产，保值就是赚钱了。"邻居王太幡然醒悟似的说。

长久以来，茶余饭后，朋友们闲聊的话题，除了孩子教育、语言、生活适应外，总不离工作、就业或投资问题。事实上，除了早期少数乡亲在办学、保险业务上有成就，以及部分大财团投资 Mall、高尔夫球场较为出色外，其他投资散户，则多半关注在房地产。

由于盈亏更迭，房屋市场利多利空轮流转，因此获利赚钱的朋友，也确实不在少数。正因如此，着实让琳贤伉俪兴奋不已，好几次思索进场。终于在心动不如行动的一念之间，把大把辛苦积攒、白花花的银子，如数投进新屋建造工程里去，时髦地、虚荣地权充起投资(机)客了。

人算不如天算，一阵金融风暴，刮得亚洲经济东倒西歪。加上一些无法预期的客观因素，新西兰房地产承受池鱼之殃，震荡得人仰马翻。在锋面的摧枯拉朽之下，滞销、断头呼救之声，不绝于耳。

不幸的是，在使出各种绝招力挽狂澜，仍不得其门、招架不住时，小本经营的琳，眼看即将血本无归，"财""利"双失了。为了解套，不被困住，除了请售屋公司降格以求、低价促销外，闲暇时候，夫妻俩扮演着守株待兔的农夫。心想：只要持之以恒，天天 open home，总有一天会等到中意的买主。

"不是待兔，是钓鱼！"一位朋友打趣地说。

可不是吗？放了长线、鱼饵，等待大鱼上钩，还真符合了"姜太公钓鱼，愿者上钩"。

遗憾的是，每个周末，琳两夫妻郊游似的，带着茶水、点心到新居 open home 等待机会时，东西都吃得差不多了，陪侍在侧的几本书，也看得两眼发直（天知道究竟看进脑袋了没？）了，甚至扛过去的高脚凳，因坐立不安，被摇晃得支离分解后，虽然曾经清晰地听过几次汽车戛然而止刹车声响，却都是隔邻的贵宾访客。最后，依然是忧心忡忡，失望地高唱"等无人"（台湾民谣），怅然离去。

琳，不知你是否听过这样一则故事：住在铁道旁的一户人家，养了一只狗。每当火车轰隆轰隆疾驰而过时，矫健的狗便冲着火车猛追死赶。日复一日，狗儿终究没追上过。女主人说：追上了怎么办？男主人回答：追到了又怎么样？

的确，追到了又怎么样？琳，你不也盼望多时，希望再拥有更多房子，租人、当寓公（房屋投资客）赚钱吗？如今——追到了又怎么样？

套句梵语：菩提本无树，明镜亦非台，本来无一物，何处惹尘埃？

琳，对你我来说，在不全然明白房市游戏规则之前，也许我们都还不适合操这份心吧！

最爱

"堆肥拿过来。"

"小心点，花苗递给我。"

"那个三角挖土小铲子传过来一下。"

在一个凉风徐徐，天上白云闲情逸致地晃荡的早上，兰婷的双手，戴着刚买来的雪白工作手套，随着工头（外子）的口令起舞，穿梭在事先预备好的造园工具、成堆植物间，挪这个搬那个。就这样，两个初入行的新手，有模有样地着手干起新近培养成功的"最爱"——拈花惹草。

小时候，每逢大人问起：将来长大后，准备做什么？几个人小鬼大的同伴，总是一副壮志凌云的架势，毫不迟疑地齐声回答：为人师表，做育英才呀！显然，做个孩子王，游走校园，接受鞠躬作揖，在当时的孩子心目中，是崇高的，也是大家的"最爱"。

果然，学校毕业后，同学们一个个走入大学、中学，从事着各种不同科目的诲人工作。尽管与十多岁狂风暴雨期的孩子相处，充满挑战、刺激，但别有一番兴味的经验，深具吸引力，直教参与其间的同学们，乐此不疲，不忍须臾离开工作岗位。甚至学着孔老夫子的口气，傲人地宣称：教学工作是我们的职志。

踏上新国土地后，一切都改变了。即使熟悉如老友的教学工作，亦是大异其趣。东西方大相径庭的文字、风俗、文化的差异，尤其是不同的教学语言——英语，在在充满着无比挑战，促使几位老同事不得不改弦易辙，另谋出路。至此，兰婷终于发现，潜藏记忆深处，久无交集的阅读，才是自己真正的"最爱"。于是摊开起居室的躺椅，重回咀嚼文字、与作者神交的国度。

为圆"阅读"梦，举凡各类报章、杂志、小说、诗词，甚至园艺造景、花木、蔬果栽植，或室内布置、设计等书籍，无一放过，犹如海绵般，渴切地、拼命地吸吮着各方信息。

就在这段大量汲取新知、旧学期间，兰婷意外地领悟到有字书以外的世界，竟然还有如此广大的空间。谁说花草无情？谁说木石无知？在这些不言不语的隙缝里，有着太多的神奇、太多的奥秘，值得去探访、去采薇。

坐而言不如起而行。纸上谈兵，无法全盘了解。因此，邀请外子共同拿起铲子、圆锹，以自家花园、菜园为起点，开始印证的工作。

　　有道是"知易行难"，事非经过不知难，一点也不假。半畦菜园还没完工，已是伤痕累累，手脚挂彩。蜷入沙发，便酣声大作，不省人事——累倒了。但不经一试，不长一智。于是抱着寻宝的傻劲，两个菜鸟按图索骥，跑遍北区（North Shore）几处园艺中心，孜孜矻矻地摸索、学习。最后经过朋友适时的调教、指导后，终于慢慢可以辨识什么是杂草、什么是青菜；也可以知道如何使用植物的健康食物、肥料；该买何种药物防治病虫害；而分隔用的围篱、砖，更是运用自如，令自己都叹为观止。

　　困而后学，学然后知不足。接二连三地尝试、失败，再尝试后，蔬果肥硕，花木葱茏，而新的"最爱"也因此诞生了。

落红片片

夜来风雨声，花落知多少。

——孟浩然

一月份才刚刚从月历上翻过去，奥克兰的天气，已宛然晚娘面孔似的，逐日阴霾了起来，晴时多云偶阵雨的脾气，更是令人捉摸不定，院落里落英缤纷，躺满了曾是灿烂夺目的姹紫嫣红。

经过一夜歇斯底里的狂风呼啸后，一片片外形纤弱、呈现淡淡紫红色泽的花瓣，或横或竖地自不甚宽敞的露台悄然飘下，散落一地，铺陈出厚厚的另类花毯，和那爬满阳台，俨然"大红帘子高高挂"的九重葛，相互辉映。

刚移居这个家时，正值扫完片片雪花迈入初春的季节。打开落地窗，那片青葱翠绿斜倚在湛蓝海水边、象征幸运的

Rangitoto 山脉，点点帆影，及蓝宝石般的普卜可湖 (Pupuke Lake)，一览无余，尽收眼底。即使参差错落的邻家屋宇，中古式的、哥特式的……也都各具情趣，真是美不胜收！

美中不足的是，后院里一棵棵裸露着光秃身躯的葡萄柚、柠檬、fejeoa 等果树，俨然是留着大光头、贼眼兮兮、探头探脑的不良分子，叫人看了不舒服；又像是空荡荡、没人玩的秋千，独自晃啊晃，一片寂寥。特别是青筋暴露般趴在墙边架子上的葡萄藤，更给人枯藤老树的感觉。因此，全家人无不巴望院中株株植物，都能像标兵似的挺立在墙边枝繁叶茂的苍松翠柏一样。尤其是面对大门，客厅阳台前的九重葛，若能栏杆上遍布姹紫嫣红的花朵，肯定美不胜收，令来访客人心旷神怡，驻足不忍离去。

"天下没白吃的午餐，多关心关心它呀！"

"以前在原居地没这么大院子，花盆里的盆栽，倒呵护得好。"老爷子好像 X 光似的看透了大伙儿的心理。

"偷鸡也得蚀把米，多浇浇水啊！"生性喜欢"拈花惹草"打点庭院的 Lily 老爸也插一脚地给出良心的建议。

"没问题，你负责拔草、施肥，我管浇水。"老妈附和着说。

自此，一家子为了拯救"落红片片"的院落，美化难得的"洋房"，认真地分工了。

刚刚走进暮春时节，Albany 郊野淘气的蝉儿，才爬上尤加利树，准备歇会儿后呼朋引伴、大展歌喉时，大丽菊已换上紫色、粉红、黄色的各式新装，和玫瑰、蔷薇互别苗头。九重葛更是不落人后，一夕间，所有的绿衣裳，全部褪去，一副万紫千红满目清新的模样呈现在世人面前，更与菊花、玫瑰花等交织出热热闹闹的场景。

"妈！快来看，满园春色关不住。"

一早起来，看到一大片花海似的景象，刚上中文班学会背诗的小侄女，卖弄地引经据典一番，惹得大伙儿腰都笑弯了。

"不是吗？阳台上挂满了红花，楼下还掉了一地九重葛的花瓣，我们家不是充满了春天的景色吗？"看到这些大人突然地笑起来，小妮子振振有词地辩道。

说得也是，寤寐间，一阵春雨洒红了九重葛，竟然红花毯似的，在米色瓷砖地上铺陈开来，的确令人目不暇接，直觉春满人间。

经营

"Pam，同事送我一张新开张咖啡馆的 VIP 卡，有没有兴趣一块儿去见识见识？" Lyn 兴致勃勃地邀请好友。

"喝咖啡？不是会骨质疏松吗？"

"不对！一天一杯咖啡，可以避免心血管毛病，放心啦！"连哄带拐地，两个死党联袂走上小镇唯一的大街。

好久没上街了，今儿个趁着天清气朗，出去跑跑遛遛，背着暖酥酥的太阳，还真有那么点幸福的感觉。

"哇！才多久没出来，这里竟然蹿出一栋新大楼来了。"

Pam 无意间发现平地起高楼，一幢美轮美奂的大厦矗立眼前，取代了原本看似废墟的旧址。

记忆中，每次搭车经过这里，总被一股莫名的感觉牵绊：在这样车水马龙、地段绝好的角落，市公所 (City Council) 怎会任由一间蛛网尘封、招牌斜歪、繁华褪尽的破落户存在多时，而不予以取缔。除了周围高高低低、足以伺养牛羊的杂草变换着出现外，只有来去自如的无名野花，有时候凑热闹地闯进来秀一下，其他真不知还有什么观瞻可言。曾几何时——时髦新颖的新面貌登场了。

据说，几年前，当这家铺子生意兴隆、人来人往川流不息时，盛极一时的景观，足以与旁边林立的商户媲美外，由于经营者非本地 kiwi，还一度被传为美谈。稍早，在多元文化观念没有完全成立之前，任何外来异族的荣耀，都很容易受人瞩目与喝彩。特别是融合了自身与主流社会的特色，要教人不鼓掌都难，于是平地一声雷，激起了所有亲朋好友的支持与关注，发达极了。

好景不长，老大人在海外另有发展，不得不交由子弟经营的事业有了矛盾。在堂兄弟也插不进手的一场兄弟阋墙后，生意日渐萧条，终至凋敝、破败，家产易主。

"唉！真可惜！这么好的生意听说垮得很惨，闹得一家四分五裂，现在才会被洋人买走盖大商场！"Pam 轻叹道。

"是啊！兄弟同心，石头也可变黄金。"Lyn 附和着说。

"经营之道，存乎一心，无欲则刚。任何事业，可多角经营，亦可专业经营。可以集思广益，多人合伙；也可以家族独资处理。不论经营的方式如何，可以肯定的是，若不背离经营宗旨，铁石可成金。"

"哎呀！不仅事业经营是这样，经营家庭、人际关系，又何尝不是如此？"身受家族事业破产的 Pam 慨叹。

童心

　　九月份以来，除了间歇的纷飞细雨外，大雨滂沱的日子，已然随着日渐褪去的冬衫减少了许多。

　　东方刚露白，大地还沉浸在呼呼鼾声中，春阳已等不及洒落。栖息树枝的鸟儿被一一唤起，叽叽喳喳地忙着干活。紫色叫不出名字的小花，也是睡眼惺忪、哈欠连连的左摇右晃。这还不打紧，刺眼的金光，硬是想尽办法，挤过厚重的帷帘，斜入内室，侵扰好梦正酣的阿蕊，把她拖出屋外，来个花园巡礼。

　　微曦中，一阵长，一阵短，另类交响乐夹杂着曼妙童音，由远而近，穿透围篱，沁进早起人不成调的"春晨颂"，构成了声历声立体动画。

　　"Hello！"金发女孩怯生生地说。

　　"你好！"对门腼腆的韩国小朋友，试着用她不知哪里学来，生硬的华语打招呼。

"Good morning！"梨涡微现的南非小孩，露出雪白牙齿道早安。

看着三四个蹦跳小女孩，激起了阿蕊未泯童心，吆喝她们进入花园，一字排开，并坐石椅，开讲起来了。由馨香玫瑰，到原居地罕见的鱼刺瓜、菲韭，孩子们愉快地表达各自的见闻。甚至自己国家的趣闻、逸事、不同的习惯、风俗，都如数家珍般地滔滔不绝，大肆秀出。说到得意处，孩子们甚至站起来，手舞足蹈加深印象。除了讶异于孩子的博闻，也惊诧于孩子们的善于与人相处。小小年纪，便知道如何与人和好，敦亲睦邻，将来必是个成功的外交家。

"Mary，where are you？"正谈得口沫横飞、兴致高昂，kiwi妈妈寻声找过来了。

才想打发大伙儿解散，结束鸡同鸭讲的闲聊，谁知这位素未谋面的邻居太太，竟然在花台旁边拍拍，一屁股坐了下来，还堆满一脸笑意地自我介绍一番。

"Welcome！ Welcome..."恍惚间，阿宝挤出了生涩的欢迎词后，戛然而止的地没词了。

"快，快，你来跟她说……"正愁接下来该如何应对时，孩子们及时赶到。阿蕊把棒子交给他们，自己喘口气、歇会儿。说真的，凭着有限的肢体语言，跟洋孩子们勉强打混还行，真要正正式式跟老外聊天，心里确实有那么点儿障碍。

尽管稀里糊涂、东拉西扯，但不断的笑语震天，温暖四溢。不但彼此开心，还拉近了原本陌生的两家人。不，该说两三国人，其间的收获真是始料未及。虽说童言童语，不足为训，但其间蕴含的哲理，却是如此的深具意义。难道只有童心，才能同心？

常言道："有爱心，社会就会和谐。"经由这次非正式的聚会，让阿蕊深切体验到：虽非同胞，语言亦不相同，但不会造成隔阂。不论大人、小孩，只要互相友爱，彼此包容，人间自有温暖、和谐，不是吗？

另一种体验

虽然旅居此地数年，但仍旧习惯于晚上九点钟左右打开收音机，收听华语播报的新闻及气象报告。

那年——1994 年——

"叶先生、叶太太，电台正缺人手，有没有兴趣过来帮忙呀！"邻居郑先生小区电台主播兼华报主编，在发现一家五口都操着流利标准语言的叶家后，试探地邀请一起做节目。

也许是好奇，也许是想一偿夙愿，尝试播音的乐趣，总之，在郑先生的推荐下，初生之犊不畏虎的五名新手，一脚踏入了广播圈。夫妻俩以三声带（华语、闽南语、客家语）发音，主持"宝岛情怀"的节目。刚上十年级的女儿与侄子、侄女，则制作并主持青少年时间《我有话要说》的 call-in 访问节目。尽管当时一家子都还步履不稳、战战兢兢，甚至诚惶诚恐、牙牙学语似的学习，等待琢磨。但不可否认，一段时日的锤炼后，五个人都深深地爱上了这份"自言自语"的妙趣，而且全心全意地投入那间只够两三人转动的小小斗室。

"广播人"的头衔，催逼着这家子不但得多留心广播技巧，闲暇时更须多方面查阅相关书籍，或请教有经验的亲朋好友，跟着专家前辈们四处采访，收集资料，孜孜矻矻、认真地学。为了取长补短，除了多听听别人的节目外，更录下家乡的节目带子，回家咀嚼、消化，同时与自己的节目带参照改进。如此勤劳、努力，无非是希望"三脚猫"日后能平稳地站起来，跻身为可爱的"波斯猫"，人"听"人夸。

奥克兰，虽还谈不上"居大不易"，但相差也不远了。人浮于事，加上语言沟通、文化背景的悬殊差异，使新移民要想立刻融入，找份谋生工作，立足异邦，还真不是那么容易的事，这从周遭朋友所谓"海防部队"（海边钓鱼）、"银行上班"（到银行领利息过日子）便可见一斑。过多的闲情，无法排遣的时光，着实让人有些发慌。因此，故乡的点点滴滴，此时此刻教人怀念不已，午夜梦回，还不免长吁短叹呢！

为了安抚离乡背井的旅人，让他们在恬静的夜晚回味老家的温馨，每星期五晚上九点二十分，老公与老婆以他们故乡熟悉的声音——华语、客家语、闽南语，播报地球另一端的逸闻趣事、诗词欣赏、股票、气象及耳熟能详的怀念老歌，稍解羁旅异域的乡愁。

至于新移民的下一代，小小年纪，跟着父母在陌生土地上一切重新适应 (有些孩子还是只身在此单打独斗呢！)，不只是语言文化的迥然不同，课业、人际关系的调适，也是一个全新的课题。因此，稚嫩的心灵，常觉得"我有话要说"、"我想大声疾呼"。基于此，星期五晚上十点二十分，三个青少年——Cherry、Lily、Jack，借着空中频道，与广大年轻朋友们话家常、聊聊音乐，交换些不同意见。有时也开放播音室，让有共同兴趣、理念的同侪们到电台来发表他们的感想、纾解内心的沉闷，或分享各自拥有的乐趣。这样，既可"以话会友"，又可集思广益。

当时，一家五口虽然都是处于"做中学"阶段，但热烈的回响，使这不同的体验更上一层楼，越做越有心得。直到如今，离开广播圈多年，但对着麦克风喃喃自语的兴趣不减，特殊的感受，更是记忆犹新。

兜售

来到新西兰，除了人种、语言、文化多元化，异于国内，让新移民大开眼界外，在贩卖商品的方式上也别具特色，令人叹为观止。

话说一九九四年的一个傍晚时分，莉莉一如既往地准备弄些小点心，给放学回家的女儿充饥时，忽然门铃声大作。

"Do you need one bar of chocolate？"两位约莫十岁、手捧巧克力糖的 kiwi 小女孩出现门口，轻声细语、喃喃有词地问。

"Two dollars for each…""…Fund raising for swimming pool…"莉莉还没想清楚怎么回事，小女孩已嘟嘟囔囔地报出货品价钱，并说明此行目的，是为学校新建游泳池筹款。

一则立意感人，再则小女孩楚楚可人的模样，教人不忍心拒绝，于是顺手从口袋里掏出几个铜板，分别向两人买了不同口味的巧克力，以便她俩再往下一家去继续未完的生意。

"妈！你要跟我买巧克力噢！"才转身进屋，读初中（新西兰初中的小孩十一二岁，有别于国内情形）的女儿兴高采烈地捧着一个状似饼干盒的东西，跟在屁股后头冲进厨房，仿佛兜售小贩般地大声嚷嚷。

"今天是什么日子啊……"莉莉简直被这些小娃儿们搞糊涂了。

"妈！我们学校准备盖风雨操场，经费不够，巧克力公司免费提供糖果，卖了的钱，就当作赞助费。"没等莉莉问话，女儿一股脑、噼里啪啦说了一堆。

"学校盖房子？教育部不提供经费吗？"

"妈！香香她妈妈不让她出去乱跑，怕碰到坏人，全部自己买，还分给我吃哎！……妈！我不想吃，我想把它一起卖了，多一点钱给学校，你说好不好？"女儿没回答莉莉的疑问，继续发表她的意见。

想当年，在国内任教的学校，区区修建厕所的小事，教育当局都已早早编好预算，毫厘不差，学校连家长都不敢去要一毛钱，就更别提要学生帮忙筹钱了。现在新西兰的学生，竟然还得路边小贩似的抛头露面，挨家挨户地去卖巧克力，帮着学校筹钱，怪哉！

更妙的是，有些家长秉持国内的观念：担心孩子遇上歹徒，不要宝贝儿女上门求售；担心孩子浪费了做功课的时间；担心孩子成群结党，招摇街市……担心这个、担心那个，干脆全数自行吸收，垫出巧克力糖的钱，来个变相捐献。这不仅让人见识到了诸多与原居地不同的新景象，也感受了此地教育的新鲜面貌。

函购

当世界各地风起云涌，享受邮购、网络购物之际，新西兰巧思另立地来了个"函购"。

函购，顾名思义，是顾客透过类似信函的便条处理方式购买东西。物品种类之多，涵盖了食、衣、室内、室外、男、女、老、少，所有民生日用品。

有一天中午，到门口信箱取信时，发现在几个白信封上面，安安稳稳地躺着一本五颜六色、印刷精美的小本子。惊讶之余，顺手翻了一下，原来是各式物品的图本。每一帧图片旁边，除了明白记载着该物品的尺寸大小外，更标明了各种价格、颜色、材质及编号，一目了然。

除此而外，商品图本的封面上还订附着一张选购单，让客户填好欲购项目后，随同这本漂亮小册子，一起放进塑料袋，摆在大门口。三天后，由原发放人员收集、汇整，然后送货、收费，银货两讫。

刚见识到这种另类买卖的时候，确实多次被其中几项日用品吸引，很想学学左邻右舍填表购买。但碍于"固有思想"作祟，总想着价钱是否公道，送来的货品是否有瑕疵，如果不实用能不能退货……脑海中盘旋着诸多"利空"的思绪。因此，尽管"心动"，却迟迟不敢"行动"。

殊不知新西兰的消费法，特别是公平交易法，其实是很成熟的。不论"商家""消费者"，无论任何形式的交易，各有其法定权利与义务，都是受到法律保障的。如果不遵守规定，任何一方都可以循法律途径投诉，或到纠纷仲裁庭（Disputes Tribunal）去寻求解决，买方、卖方谁也不吃亏。

在新西兰的消费者，应该说是幸运的。比方说，商品的成分叙述不实；商品广告误导消费者；货品有缺陷；货品不能正常操作；甚至木工、水电工技术粗劣，不能修好破损；只要收据还在，就可以更换同型货品或退货，任何人都不致造成无谓的权益损失。

"今朝有酒今朝醉"，虽不是每个洋人都如此，但"寅吃卯粮"的人，在西方社会还是屡见不鲜的。于是岁末、圣诞节前夕，Lay Buy、Hire Purchase 这种"分期付款"的买卖行为，在消费大众间，一下子热门了起来。前者是买家按期付清所有款项后，拥有购置的物品；后者则是买主可先行取回货品，然后按期付款。但买方若无力依约付清全部货款，就需退回货品，商家、客户互不相欠。

新西兰招揽生意的绝招，真是不胜枚举。在了解了新西兰的买卖特色，没有哑巴吃黄连，无处投诉的虞虑后，乡亲们也开始入境随俗地尝试起本地的购物游戏，享受新西兰人做买卖的乐趣。

温泉乡之旅

碧云天，黄叶地，在一片草木由绿转红、转黄的渐层色背后，秋，悄悄地进驻了"人间净土"，这个时候是新西兰最美的时刻。趁着复活节放假四天，夫妻俩带着工作单位的产品——卫星导航系统（GPS），踏上了温泉乡之旅。

罗陀鲁阿（Rotorua），是距离第一大城奥克兰南方约四个小时车程的一个小镇。除了闻名遐迩的地热温泉、湖泊、间歇泉外，还有很多的毛利遗产，几乎可以说是毛利人的原乡，温泉的家。想一探毛利舞艺、食物、木雕，想亲炙温泉、火山泥、地热发电厂，罗陀鲁阿应是首选目标。

Whakarewarewa 温泉村

距离 Rotorua 约二公里处，有一个名为"Whakarewarewa Thethermal village"的村落，是我们此行的第一站。这座温泉村除了保留毛利大会堂（Marae）、雕刻店、村落遗迹外，还有间歇泉（geyser）、火山泥坑、地热澡堂、地热煮食坑等。

当人们沿着一级一级弯弯曲曲的嶙峋岩石前进时，身旁色泽灰白的泥浆池子，不时地发出毕毕剥剥、咕噜咕噜，仿佛稀饭煮熟了的声响，夹杂着热气蒸腾、直冲云霄的白色烟柱，气势宏伟，壮观极了。

泥浆池

据说在这个村落中，四处可见的泥浆池（Mud Pool）里，不同颜色的泥浆，具有不同的作用。比方说：色泽较深的泥浆，对于关节炎、风湿症深具医疗效果。至于颜色比较浅的泥浆，则是调配矿泉水后，作为妇女敷面用的美容圣品。

Hangi 和蝴蝶池

一路朝气蓬勃的毛利解说员，领着大伙儿在硫黄味扑鼻、烟雾弥漫的大大小小池子、坑洞间窜来窜去，诉说着不同池子所扮演的角色。毛利人常说的 Hangi，就是在这些冒热气的地洞里，架起木板，做成煮食物的地灶，然后放入包好的食物，盖上盖子焖煮。Hangi 旁，有一个水质纯净，热度高达二百多度，人走上前去，霎时满眼迷离如兔子的中型温泉池，村民将玉蜀黍、蛋等食物，用网子包好放入水中烫熟，类似家乡温泉煮铁蛋，别有一番风味。

在一棵身形枯槁的大树旁，原来是一个形状普通的地热池子，并不特别吸引人。后来存在于池子里的硅土，越堆积越多，终于把池子一分为二；而且形状像极了蝴蝶。天气好时，花枝招展的蝴蝶们成群结队地在池子周围，上上下下翩翩起舞，因此，人们称这个温泉池为蝴蝶池（Butterfly Pool）。渐渐的，有人发现一件有趣的事，那就是池子里的水涨起来时，天气就转晴、转好；而池子里的水逐渐干涸时，就下雨。于是，人们又称这个池子为天气池（Weather Pool）。

地热澡堂

当一般人逐渐改用欧洲式按摩浴缸，享受时髦、电器化卫浴设备之际，早期引用来自 Parekohuru 地热温泉水的洗澡坑，就显得别具情趣了。根据村里毛利人的说法，使用这种温泉水可以解除身上肌肉的疼痛，对于关节炎、风湿症患者，有极佳的疗效。由于这种水质，令人洗完澡后，身上感觉油滑，像丝绸般柔软，因此，这些温泉洗澡池子又被称为油池（Oil Baths）。

在这个村落里有两个这样的公共沐浴区，村民们从小被训练如何使用这种与众不同的澡堂。通常公共温泉沐浴池，一早就注满温泉水，然后摆着让水冷却。大约傍晚五点半左右，村民们开始陆陆续续地走向澡堂，准备沐浴。当整个身子浸泡在温泉水里，有四肢暖和、凝胶的感觉时，沐浴就算结束，起身离开浴池。

村民说：这种沐浴方式，和一般人使用肥皂、洗发精洗澡，没有两样，甚至这种公共澡堂式沐浴，被视为生活的一部分，受到所有村民的重视。

亚麻

在这座村子里，除了著名的地热池子外，还种了不少亚麻（flax）。世界上亚麻的种类，超过五十多种，各种亚麻各有其不同的用途，如制作绳索、渔网、垫子、篮子等。在这么多种类的亚麻植物中，由于亚麻纤维含量多寡、质地优劣的关系，只有四种可以用来制作毛利人跳舞穿的裙子（PiuPiu）。村民告诉我们，判别亚麻纤维优劣的方法之一就是看叶片，如果叶片挺直，它的纤维必是不错。相反的，如果叶片下垂，则这株亚麻的纤维就比较少。这个村落里栽种的亚麻，百分之九十五是用来制作毛利舞裙的。

毛利会堂

代表毛利精神所在的大会堂（Marae），遍布新西兰各大城市，这个村落也不例外，走进村子，首先映入眼帘的便是

Ancestral Meeting House。

对于那些来自 Tuhourangi Ngati Wahiao 部落的 Whakapapa 家族来说，这座名为 TePakira 的会堂，是个极其重要的建筑，它是村落的中心和各种重要集会的场所。

毛利人骁勇善战，站立于建筑物顶端的 Wahiao 就是 Tuhourangi 部落的战士首领。这座建筑物的特色在于入口的主要廊柱底部和旗杆。Wharenui 左边的铃铛，本属于 Rev，Seymore Spencer 教会，曾经在一八八六年时，因火山爆发被敲响过。后来在一九八〇年时被带到这个村落来，悬挂在会堂外。

那个晴时多云偶阵雨的周末

　　不知不觉，Y 迁居新西兰已堂堂迈入第十五个年头。一年一度在汉弥尔顿举办的"热气球活动"，却一直停格在"不知其详"、"听说"的阶段，终于……

　　无意间，"热气球节一日游"，映入因为结算成绩、写学生评语而迷离数日的眼帘。霎时，Y 精神为之一振，"为什么不给自己一天假期"的念头，迅疾闪进已经迟钝不堪的脑海。就这样，连夜致电 ×× 妇女会活动组组长 Emily 报名。

一、快乐出航

　　那天……四月八号星期六清晨，阴霾的天空，略显冷清、湿漉漉的街道，明白地告知了这个特别的日子，也许不会是个令人兴奋的"出游日"。果然不错，正当大伙儿兴高采烈地驱车前往 Pakuranga Community Centre，与其他朋友会合之际，老天爷哭丧着脸稀里哗啦地洒下一阵及时雨，吓得兴致正浓的姊妹淘们个个花容失色。虽不能说游兴尽失，但也不免担心这场滂沱大雨，会不会浇熄了"热气球"的灿烂。

也许大伙儿的热情感动天，也许老天爷的宽宏大量，总之，一切就绪，准备开始计划中的行程时，朵朵白云挣脱了桎梏，冲破乌黑的天幕，依偎着蔚蓝晴空，秀出亮丽的笑脸。一片欢呼、惊喜，使车厢温度倏地上升了几度，充满了暖洋洋的氛围。

"令狐处长、陈委员、各位乡亲，大家早！欢迎姊妹淘们携家带眷参加一日游。"

"早……"

原本就丹田饱满、天真活泼又美丽的组长Emily，随着升温的喜乐情绪，甜美的嗓音提高了几分贝，也感染了所有人，应答声相对地响彻云霄。

"今……日是快……乐的出帆日，卡摩美、卡摩美……"有人开始轻启曼妙的歌喉。

二、栗子的家

"朋友们，以前在家乡吃过糖炒栗子吧！今天我们就来拜访一下位于Gordonton的栗子家园……Chestnut Orchard！""别忘了橡皮手套、塑料袋。""别忘了……"

"树下的用脚踩，小心被针刺扎到脚。""树上有的没熟，小心扎到手。"

Emily 窝心的叮嘱犹在耳边，一大群人已使出越野赛的强劲，奋力冲向果园，进行第一站任务——"采栗子"。

偌大的果园里，有的昂首、有的低头，星罗棋布的"采栗人"，俨然当年家乡草莓园开放游客自行采摘的景象。

"瞧！那群韩国朋友，铲子、夹子……工具一应俱全，真是有备而来。"

"哇！满满一大袋，少说也有五六公斤吧！真是收获满行囊，值回票价。"

"看来我得加把劲，努力干活儿，多采些回去孝敬我家人啰！"

"喂！把它打下来，这串熟裂了，肯定很甜。"

"这棵树上很多串，快来。""树下都捡不完了。""嘿！踩这个，踩……"

有人埋头苦干，认真采收；有人呼朋引伴，互通信息；整个园子里洋溢着满足、兴奋的笑声，仿佛重返童年岁月。

三、Karapiro 水坝

"Karapiro 水坝建造于 1947 年，是位于 Waikato River 河流的发电站最后一个水道口，位于陶波湖下游 188 公里处。Karapiro 水坝就在汉弥尔顿、剑桥之间的 Waikato 河。"

"Karapiro 湖上有很多水上活动，如机动船、滑水、游艇……" Emily 口若悬河地介绍了下一个定点。

"自由参观完后，请大家来个大合照，然后前往 W 律师事务所拿可口日式饭盒。"我们活泼、美丽又大方的组长，再次下达命令。

这时，满载人手一个饭盒、miso 汤、外加茶水一罐的大巴士，穿过大街小巷后，停在一处绿草如茵宽阔的草坪前。

"这不是汉弥尔顿花园吗？"眼尖的同志们已发现身居何处。

"是啊！这里有美国花园、印度花园、日本花园、中国花园。待会儿可以一面欣赏各个时代的花园造景，一面享受置身不同国度的乐趣。"

也许是为了配合手中的"Japanese Lunch"，设想周全的 Emily 安排我们一行六七十人，在"Japanese Garden"享用我们丰盛的午餐。

四、既知性且感性的妇女时间

"欢迎 ×× 妇女会的姊妹们，来到此地。……""有很多事情在新西兰的妇女，不能用故乡思维方式面对，今天短暂的午餐时间，我们就来谈谈女人最常遇到的问题。"主讲人稍做停顿后，单刀直入地说明她的座谈主题。

"我每个星期到奥克兰两天，我们可以约时间进一步讨论。"W 律师体贴地说。

"我的电话是……我们就相约奥克兰见啰！"每个人都生怕错过机会似的，争先恐后在 W 律师的手机里，留下联系号码。

五、难忘之夜

离开美丽的花园后，为了赶在天黑前参观热气球的秀场，游览车直奔目的地——Innes Common, Hamilton Lake。

汉弥尔顿年度大事之一的热气球节，是由 Waikato 热气球慈善信托基金会主办，汉弥尔顿市公所、电台、电力公司、Waikato 时报、汽车批发、旅店同业等单位协办。一连五天的各项活动，吸引了来自国内外成千上万的热气球同好，共襄盛举。

人山人海的大公园周围，除了排满了各式吃、喝摊位外，还有小火车、小汽车、旋转车等各种游乐器材，大型表演舞台。让人不知是走进了夜市，还是误闯了儿童乐园、工地秀。而中间绿油油的草坪间，除了布置好今天重头戏——点燃热气球、烟火表演的行头外，有人丢飞盘玩耍；有人大啖热狗、薯条；有些小孩拖着气球跑；有些情侣卿卿我我、搂搂抱抱，点缀得整个场子格外醒目。蔚为奇观的是，每个角落一字排开，标兵似的站着一长溜灰色、让人方便的简易卫生间。

随着微风逐渐转强，夜幕悄悄地撒下了天罗地网。正当人们期待着亮丽的烟火、热气球照明夜空之际，忽然飘下蒙蒙细雨。这时，一朵朵五颜六色的伞花，倏地展开，隔邻 Kiwi 有感地说："Might be nothing." 哇！当真如此，岂不是太伤感情了。

"雨停了！雨停了！"身后青少年雀跃的惊呼，划破了静谧的世界。

"热气球胀大了！""哇！彩色熊！""又一个大气球，身上还背了一只鸟！""五彩斑斓的孔雀……！""嗯！熄火了……""喔！又亮了……"一阵阵火光，时明时灭地从气球底部往上冲，使得球身不断胀大、胀大……通体深红，仿佛一个个烧热了的火球。这时 Hamilton Night Glow 活动进入高潮，观众的情绪也 High 到了极点。

"怎么不升空？怎么还不升空？"引颈企盼的观众，好生讶异，低声嘟囔。

"是啊！整个球体都已逐步往上浮起，为什么不飞上去？为什么不腾空？"

"走了！走了！再不走，可能会堵车，回奥克兰就太晚了！"脑海里正思索着热气球为什么不升空时，同行伙伴在耳边小声提醒。

大伙儿只好在五光十色、缤纷夺目的烟火下，一步一回头，三三两两地快步离开会场，结束难忘的一日游——终与"升空热气球"擦肩而过。

随兴

"烧道菜，顺便把那瓶陈年 XO 找出来，我们去参加新进经理 Bird 的搬家 party。"才下班进门的 Michael，兴致勃勃地对着老婆说。

提起这件趣事，虽事隔多年，二老内心依然不免发噱。

来自美国的 Bird，原籍荷兰，在美国太空总署服务多年后，倦勤之余，毅然辞去人人称羡的高薪职业，全家驾着卧房、厨房一应俱全的自家帆船，路经夏威夷、斐济等大小岛屿，历经六个月时间，看遍海上风光，畅游世界各大洲后，抛锚新西兰。

初抵白云故乡，阮囊羞涩、无法找到适合租屋的 Bird 一家，继续置身船家，过了三个月"海上人家"的传奇生活。

在旅游告一段落，孩子们也该进入学校学习之际，Bird 在这个人们公认为居住质量一流，但一职难求的国度，不但租到了落脚的处所，更凭着他过人的智慧，觅得了他的生财机会，开始他的新工作：GPS电子公司研发部经理。

"Michael，一起出海测试新近开发的机器吧！"Bird一手拿钓鱼竿、冰箱，一手在墙上取下船钥匙说。

"试机器，带冰箱、渔具？"Michael狐疑地想，但他是经理，还真不好问。

"Bird，我们今天试的机器需要用钓竿吗？"

车行途中，Michael实在忍不住心中疑惑，开口问。

"我刚来不久，对公司船的使用，还不熟，试机器前，总得先了解一下船的功能吧！"

"上钩了！是snapper，这个大小正好，拉起来，拉起来。"哇！不到两小时，鱼跃冰箱，盖子就要被撑开了，真个是"渔获满行囊"，公司上上下下都有口福了。

"Hello，菲力鱼给你。"Bird不但负责钓鱼，还窝心地处理好，条条"菲力"得干干净净后，才送到同事手里。

这样的光景，每隔三两星期就要上演一次，公司同人个个笑开怀，跟Bird经理哈拉不断。但连续半年左右，始终没见Bird经理拿新机器在船上测试。

"Bird，开发的深海探鱼器，功能如何？该准备量产了。"有一天，研发部经理开口关心了。

"还在测试中。"Bird据实以告。

"Michael，我辞职了，我准备转往××寻找新机会。"Tea-time早茶时间，Bird依照本地离职者自行准备茶点的惯例，临别前夕，买了大大小小点心、咖啡，邀请大伙儿享用。

　　随兴的Bird，这次终不能在商业领军的公司里"随兴"下去了。